主编　凌翔

回忆，是一场宿醉

心柔　著

北京燕山出版社

图书在版编目（CIP）数据

回忆，是一场宿醉/心柔著 . — 北京 : 北京燕山
出版社 , 2023.1
　　ISBN 978-7-5402-6384-3

　　Ⅰ . ①回… Ⅱ . ①心… Ⅲ . ①散文集－中国－当代
Ⅳ . ① I267

中国版本图书馆 CIP 数据核字（2022）第 013716 号

回忆，是一场宿醉
HUIYI, SHI YICHANG SUZUI

著　　者：心　柔
责任编辑：杨春光
装帧设计：陈　姝
出版发行：北京燕山出版社有限公司
社　　址：北京市丰台区东铁匠营苇子坑 138 号嘉城商务中心 C 座
邮　　编：100079
电话传真：86-10-65240430（总编室）
印　　刷：涿州军迪印刷有限公司
开　　本：710mm×1000mm　　1/16
字　　数：210 千字
印　　张：16
版　　次：2023 年 1 月第 1 版
印　　次：2023 年 1 月第 1 次印刷
ISBN 978-7-5402-6384-3
定　　价：78.00 元

奶奶最喜欢的那组大红柜，上面摆放着拉拉杂杂的物件，每一件上，都写满了有关岁月的精彩故事。

温暖的阳光，透过玻璃窗，照亮了那些年我用过的被褥、睡过的枕头。就像留在心间的那份关怀，一直静然于岁月的推移，而不曾动摇。

窗明几净，却是屋冷院寂。曾经的主人翁，化作两张冰冷的黑白照，
依旧守护着这处院落，也守护着这院落里每一个人的成长记忆。

爷爷的写字台，一盏照旧了时光的
台灯，静默地伫立在时光的一隅，
陪伴着的，是那些同样走过旧时光
的旧物。

碗柜、牙刷、牙膏、漱口杯、暖壶、
笼屉、一摞盆，就是奶奶过往所有用
旧了的时光。

两扇饱经风霜的木门，静静地开着，仿佛是一条穿越时空的隧道。此
岸，是过往难寻；彼岸，是相思成灾。

这是一处旧时光。

那些零零散散的干柴木料、箩筐纸片，无一不是对故人的无尽缅怀。

一缕缕阳光斜照下来，斑驳恍惚，一切，恍然如昨。

人有悲欢离合，月有阴晴圆缺。

如水的光阴，滑过指尖，却留不住分毫。

不知从何时起，故人已不在，

又何况这苍老的房屋？

留下吧，做个纪念，也好。

爷爷走了，他用一生的辛劳，留给我们　爷爷的绝迹。
"年年有余"。

没有你们的新年，我们如何欢度？

曾几何时，爷爷奶奶的身影就穿梭于这片菜园中。

那日，秋意浓，风摧叶凋零，

我留下了这张照片，

但求，记忆永存。

蓝天白云，红瓦青黛，

最是人间有清欢。

自序

岁月静好 时光易老

　　过往的时光依稀恍惚如昨，岁月便已如清泉在手掌间轻盈滑落。记忆像是来不及转换的频道，总是混淆着将昨日重温，将今日充盈。梦醒时分，便是百感交集。

　　常常，我一个人静静地注视着天空，在那遥远的天际里，在那洁白的云朵之上，尽情徜徉着的，是无尽的怀想与回忆。想念曾经，想念过往，想念再也回不来的那些时光。

　　生命中，你来我往，别离聚散，到最后，有些人只能缅怀，有些事只能回忆。那些已经过去的岁月，任谁都无能为力，最终还是被时间翻过了那一页。一寸相思一寸灰，半寸留给昨天，半寸守住今天。

　　岁月，悄然从指尖划过，划破了青春，滑过了人生，也画下了生命的终结。那来不及拥抱的温暖，是心间碎了一地的梦；那再也唤不回的人儿，是一生无法抹去的伤痕。蓦然回首，这满地的碎片，叫我如何拾起，又怎堪拼凑？

　　曾经多少次，一颗稚嫩迷茫的心，漂泊在最无助绵长的街道，凄风拂面，暗影流离，抬头，望不到尽头的那一端，回首，只有我一人狭长的孤影。然而，当斗转星移，我终于能够看见，如诗般流淌的岁月中，还有一张慈祥的笑脸，一份温暖的关怀，一个时刻迎接我扑面而来的怀抱，始终守候在我行程的转角处，不离不弃。

于是我知道，不论我离开多久，走了多远，只要我停下，转身，就能步及港湾，触摸温暖。

岁月如梭，人心冷暖，你给得起我最永恒的感动，却给不起我最长久的陪伴。

天微明，梦已远，原来想念，只是一种习惯。熟悉的旋律缭绕耳边，犹如一场岁月的流转。秋渐去，冬又来，转眼又是一年。这一段年华，风雨兼程，苦乐参半。回首过往，挥一挥手，却无法受得起一句"再见"。

岁月染上了霜雪，光阴踟蹰而过后，经年里一成不变的，不是流年里的花开花落，也不是月色下的悲欢聚离，而是我对年光流逝后，久久无法改变的那一抹最深情的怀念与回味。

走在无边的岁月里，风不时吹起长情的发丝，凌乱心间的思绪。不知不觉中，花开花落几春秋，故人已去几多时，我一遍一遍地搜寻着存留于记忆中的美好，一次一次地暗藏那些欲言又止的话语，终是心中语，无处言，不知何处觅旧颜，又到何时复得见？终究，还是岁月苍白了等待，别离辜负了思情，泪眼模糊了过往。

人生总有谢幕的一天，我们都会有老去的时候，那光阴，沧海桑田，远走高飞，不论我们怎样气喘吁吁，始终都追赶不上岁月那轻盈的步履。到后来，终是再没有力气去追，于是，就被岁月抛弃在了如烟世海，幻化成尘。

每个生命对于这漫长的岁月，都不过是一段段渐渐消失的过往。当那些被凝滞了的时光记忆放出了匣子，茌苒岁月，四处流溢，却已显得轻描淡写。伸手一拂，指尖终是一片荒芜。思亲令人老，岁月忽已晚。

我在此岸相思成河，故人却早已渡至彼岸。我看不透彼岸烟云缭绕，彼岸亦然被生生隔离。这一世，终究是缘尽了，这一生，我终究是见不到了。任凭我相思落相思，回忆成奈何。

心中有情，余生无涯，尝过了烟火的味道，终是被呛得泪眼矇眬。可余下的人生，还有山长水远需要走。不去管，那南飞的燕子，何日才可以返家；不去问，那一叶扁舟，又会放逐到哪里的天涯；不去想，那些令人心痛的离别，到底是真，还是假。接下来的人生，都需要将生活扛在肩上，继续风雨兼程。

我知道，你们一定会在那个遥远的地方，看着我。就像曾经守在我身边时，一样的眼神，一样的疼惜。

我知道，我想你们的每一天，你们都可以感受得到，只是奈何桥畔，忘川水深，你们再无法轻易跨越而来。

我知道，走得再远，离开得再久，你们也都满怀对我们的牵挂。其实你们看到了的，除了想念，我们都很好。

我知道，余生还长，但你们是再也不会回来了。我在记忆中，搜寻你们的温暖，然后裹紧于身心。

我知道，今生有缘祖孙一场，来世一定还能再续血缘。这一世别离，久痛而不能言，必是为了来世相逢，无尽时。

最是想念，如剔骨，最是迫切想见，却永不得见的心情，如芒刺心；最是，希望一切能重来的贪心，欲罢不能。

人生如梦，岁月无情。恰是流年，相思无涯。

目　录

第二辑　思亲如潮

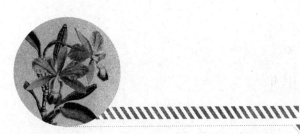

第一辑　记忆如岚

出生

一九八九年的正月十六，正午过半，在一个叫作袄太的小村庄，一对年轻的夫妇，迎来了一个新生命的降临。

每一个孩子都是上天派来的天使，带着一颗洁净纯真的心，降临这混浊的尘世，来感受人间六苦，来体味酸甜苦辣。注定，是要历经坎坷与荆棘，才能不枉人世这一遭。所以，凡婴儿出生，都是以啼哭之势问候。

孩子的出生，给这个原本如履薄冰的家庭带来了一丝欢悦。虽说是个女婴，但爷爷奶奶依旧难掩眉间的喜悦，围着、抱着，高兴得不得了。此刻，已经五十出头的爷爷奶奶，做梦也不会想到，就是眼前这个稚嫩的孩子，日后生命的延续，将需仰仗他们的辛勤抚养。

孩子的父母，不过二十出头，两家同村而居。女方乃戏子出身，在当时那个年代，吹拉弹唱，算不得什么体面活儿。而男方，好歹也算得上是村里的"书香门第"，老爷子有着体面的工作，家中子女也都读书识字，两个儿子同在金融系统上班。这对当时生活在农村的家庭来说，已经相当有优越感了。而女方则是普普通通的务农家庭，就算女方本人有工作，也还是老人家根本就看不上的行当。用老太太的话来说，就是门不当，户不对，根本就不是一路人。

奈何年轻人郎才女貌，情窦初开。未经父母之命、媒妁之言，便已情深意重，你情我愿，私定终身。待到生米煮成了熟饭，家里也就只能勉强同意，却始终在心里觉得有点不顺意。

没想到步入婚姻后的两个人更是脾性不和，年轻气盛，殃及池鱼。三天一小吵，五天一大吵，本来很体面的一家人，却一度成了人们茶余饭后闲话的焦点。

就这样，孩子在父母的打打闹闹中出生，孩子的母亲却因患了乳腺炎而苦不堪言。多少次，孩子的父亲骑着自行车，来回一百公里的路程，驮着孩子的母亲进城看病，终究还是无奶可哺。

新生的女婴，只在开奶的时候，吃了隔壁邻居嫂子的四天人奶，从此，便以羊奶和奶粉为食。

即便如此，命定的遭遇始终都是无可避免的。有些缘分不是天涯足够远，而是咫尺差一厘。我相信人与人之间的聚散离合，都是上天注定的，不是应了前世的劫，就是命定属于今生的果。

也许，是太过年轻吧，以至于母性还未成形，慈爱还奔走在路上。多少次，她离家不归，独自把那幼小的婴孩锁在房中，任凭孩子尿了、拉了、哭了、饿了，都没有人能够拿钥匙进去照顾一下。站在门窗外的爷爷奶奶，看着幼小的生命扑腾着小胳膊小腿儿，哇哇大哭近两个小时，直哭得浑身是水，却就是找不到人，也没有钥匙能开得那无情冷酷的铁锁。不是除了钥匙就开不得门锁，而是当时的爷爷奶奶不敢砸啊，过久了心惊胆战的日子，老人也会变得战战兢兢，没了主意。最后，爷爷奶奶眼看孩子已几近虚脱，便寻得村子里主事的人来，商量之下，才砸了窗户，抱出了那可怜的奄奄一息的孩子。

此后的日子，诸如此类的事情也不在少数。孩子的薄弱之躯，尚且没有能力化解两个年轻人无休止的隔阂与矛盾。

那些日子，天昏地暗，乌烟瘴气。常常，那些杂乱的吵闹声、摔盆摞碗的哐当声，把那收藏了昏暗光线的岁月震得一片稀碎。母亲的脾气，就像暴发的山洪，时常席卷着每一个角落，就连孩子的爷爷奶奶，也时不时地被卷入弥漫的硝烟，呛得一脸乌黑。

终于，忍无可忍，孩子的父亲决心就此分开，结束这段没有天日的孽缘。

为了能够顺利解脱，父亲便选择了离家躲避，直到判决书寄到家中，才肯归来。昔日夫妻，今日已是分道扬镳。

归属

　　父母离异后，尚在哺乳期的孩子，被判给了母亲。父亲曾用小棉被将幼小的孩子包裹好，抱去相距几百米远的昔日的岳父岳母家，却不想，孩子的母亲及其父母、家人，躲在屋里将门反锁，竟生生地将抱着孩子的父亲和那尚不知人心凉薄的婴孩拒之门外。

　　无奈之下，父亲又将孩子抱回了家中。

　　二十出头的父亲，也只是一个初长成的孩子。也许，女方父母也正是因为考虑到了这一点，所以主张拒绝了对孩子的抚养权。毕竟，自己的女儿也还年轻，没有孩子，也好找下家。此刻的孩子，瞬间就成了这世上最多余的人。尽管，她的父亲已经参加了工作，但即便如此，又怎么能带得了这般幼小的孩子？此刻，初为人父的父亲，开始怪自己，年轻冲动，可怜了这一生下来就没有一个完整家庭的孩子。

　　也就是从那一刻，孩子的爷爷奶奶做出了一个重要的决定，这个决定，扭转了这个孩子一生的命运。

　　当时同龄的爷爷奶奶已五十有四。爷爷虽有着稳定的工作与经济收入，奈何家大业大，开销也大。工作之余，爷爷和奶奶还在村子里种着几亩自留地。

那时候的钱，还算值钱，物价也低，只是人们的工资也少得可怜。一个儿子娶了一房媳妇也散伙了，还留下一个孩子。爷爷奶奶从邻村买了一只母山羊，山羊产崽之后，孩子就喝山羊奶。山羊没奶的时候，爷爷奶奶就买奶粉给孩子喝。

对于当时的家庭来说，三四天一袋奶粉，也算得上是一笔不小的固定开支。年轻的父亲，尚且不懂得如何去疼爱自己的女儿，整日工作繁忙，孩子的大小事务，几乎全部都是孩子的爷爷奶奶负责打理。

自从有了小孙女，一直做家庭主妇的奶奶就变得更加忙碌了。洗洗涮涮不说，每每到了晚上，都要起夜四次给孩子换尿布、冲奶粉，着实把人熬得够呛。

相信那些当了父母的人都知道，孩子的夜起，是多么痛苦的一件事。何况对于一个已达知天命的人，那无数个日日夜夜，含辛茹苦，着实不是简简单单"辛苦"两个字就可以涵盖的。

奶奶家的大炕上有一排窗台，每天都摆满了孩子的奶瓶、奶粉、热水壶等所有日用品。那里面，饱含着一份本没有责任义务却恩重如山的慈悲与博爱。

所以，孩子的小名就叫茹，含辛茹苦的茹。

多少年后，当她长大成人以后，她用尽一生的感恩之情去铭记了爷爷奶奶对她的含辛茹苦，也用尽了一生永不退却的深情，去怀想那给了她第二次生命的两位至亲之人。

她知道，在她所有的衣物用品都被母亲卷包走以后，情急之下，是奶奶用家中穿旧的衣服，亲手为她改制了小衣，让她蔽体遮羞；她知道，在她以生命最初的懵懂渴望寻求爱抚与温暖的时候，是爷爷奶奶，给了她如父如母的呵护与怀抱，给了她那份难得的安全感；她还知道，她人生中穿的第一件新衣，是在市里上学的三姑给买的。她知道，从那时起，她的生命因为少了一个原本最重要的人，而多了更多至亲家人的守护与疼爱。不止有爷爷奶奶、父亲，还有几个姑姑，尤其是年龄最小的三姑，甚至，还有大伯父。

至此，这个幼小的、从一出生就似乎有几分多余的孩子，有了新的家庭、新的归宿。从此，她将更多地属于她的爷爷奶奶，因为，是爷爷奶奶，在她生命的暗夜，托起了她重生的起点。

人生没有本就应该的选择。谁能说，在那种情况下，一个母亲尚且可以为了考虑自己的将来，而放弃自己的孩子，一个父亲就不能？又有谁可以说，养育了自己的五个孩子，还奶养了别人的一个孩子，总共已抚养了六个孩子，且已五十有四的爷爷奶奶，就理应承担那孩子生命的重量！

我只知道，这世上，施以援手是情分，熟视无睹也可称本分。

没错，那个孩子，就是我。

人生的第一份记忆

我人生当中的第一份记忆，存档在我很小很小的时候。现在推算看来，应该就在两岁左右。就是因为当时太小，但又太深刻，所以留下的印象，却也有几分模糊不清。

隐约记得，那是一个晴朗的日子。已经会走路的我，独自坐在奶奶家的大炕上玩儿。透过隔扇的玻璃，我看到奶奶正在外屋的灶台上准备做饭。这时候，我突然看到两扇敞开着的大门间，走进来一个妖艳的女子，风风火火，气势十足（据长大后的回想予以形容描述）。

那人，好像留着披肩长发，穿得有几分时尚，总之是吓到我了。我看着她从大门口径直走进来，朝着奶奶房间西侧隔壁父亲那屋走去。

那时候，大概只有两岁的我，应该是自她与父亲分开后第二次见她。或者中间还见过？反正我都没有印象，唯独记得那一次。按道理，那般年幼的我，应该不认识她才对，何以从她一踏进院子开始，我就瞬间号啕大哭，像极了一只受到了惊吓的小鹿，蹒跚着脚步，在奶奶家的大炕上不停地来回奔跑，躁动惶恐？

除此之外，我不记得接下来的任何细节。深刻的记忆，就停留在了我见到她之后，幼小心灵的惧怕与惶恐至极，直至多年后，都清晰可见。

那份盘桓在心间久久不曾散去的恐惧，让我在很多年的岁月中，都把她以魔鬼标签。很多年，我都不曾提及那份最初的记忆，直到长大成人之后，在一次无意间，和奶奶提起。

奶奶笑着说，我也奇怪呢，怎么你会有那样的反应。因为当时年龄太小，奶奶还以为我不曾记得呢。却不想，就是那一次，那份莫名的惶恐，让我深深记忆了好多年。直到今日，我都不能理解。

好在，如今我已长大，对于父母的过往，我能够以足够的平常心对待。不论是当初的抛弃不顾，还是多少年的不曾相见，于我而言，都已如冰释然。

我不想评论任何人的是非对错，对于父母长辈，我只想至少保留对他们起码的尊重。我相信他们有他们的难处，也有他们的苦衷。就算我今天尽诉笔端，也只是作为完成一部完整创作的需求，而不希望也不需要任何人对事物本身多加评论。

每个人活着都不容易，谁也不必怨怼了谁。

就算我心有抵触那么多年，而今，也能释然，也能放下。放下过往，原谅别人，也是善待自己。

过去已然过去，现在就在眼前，而未来更是属于自己。重要的是，持最良善的心，原谅别人，也宽恕自己。放下包袱，做最好的自己，走出阴影，生命才能有更多灿烂。

三瓣儿橘子

早上明媚的阳光，就像是一件华丽的盛装，穿在了村庄瘦矮的身体上。今天，村西头的本家叔叔娶媳妇，奶奶要带我去吃喜宴。

一大早，奶奶就打扫收拾了家，然后来到她最喜欢的那组木制大红柜前，侧过身，从腰间侧开口的裤鼻儿上，掏出她那把全家只有一把并且长年都只拴在腰间的钥匙。当钥匙要插进红柜锁眼儿的时候，奶奶就欠着身体，踮起小脚来，钥匙在锁眼儿一拧，只听"咔"一声，锁便开了。

奶奶家的大红柜可不像现在的竖着的立体柜，而是横着摆的，柜门更像是一扇木制盖子，随时都可以取下来。那可是奶奶的百宝箱，什么好东西都会锁在那个柜子里。

坐在炕上玩耍的我，看着奶奶把叠放整齐的一套衣服拿出来，放在炕沿边儿上。然后又转身把柜子锁好，对我说："来，茹，过来，奶奶带你去吃喜宴去！"

我高兴地扔下玩具爬过来，拿起一件有着小熊图案的小绒衣，兴致勃勃地翻看着。我闻到了一股淡淡的味道，长大之后才知道，那是卫生球的味道。也不知道为什么，小时候特别喜欢闻那个味道。所有从那个柜子里拿出来的衣服，都会残留着那种淡淡的清香。

奶奶说："快来把新衣服穿上，这是你三姑给你买的，看看合不合身？"

说着，奶奶就帮我穿在了身上。

从小到大，三姑给我买的衣服最漂亮，也最合身。

我慌忙跳下地，站到穿衣镜前，看着梳着短发的小小的自己穿着新衣服的样子，别提多开心了。

一旁的奶奶也直夸："真好看！走吧，咱锁了门，去喜宴上去。"

我紧紧拉着奶奶的食指，随着奶奶走进了一处闹哄哄的院子。院子里搭起了临时坐席的帐篷，帐篷的旁边是临时搭建的灶台。一位伙夫，穿着油腻腻的围裙，坐在灶前架火。灶间的火焰，红得就像新媳妇身上的大红喜服，张牙舞爪间，照得伙夫满脸红光。

我看到了切碎的葱姜蒜，乘着院中那新买的双卡录音机播放出的喜庆欢快的节奏，忘乎所以地随着大厨的菜刀跳进了锅。只听"刺啦"一声，便焦在了锅里，泛出阵阵油香。

旁边的笼屉，像极了一个刚刚经过剧烈运动的巨人，此刻，它正停在那里，猫着腰身大口地喘息着，浓浓雾气，随着微微的清风而摇摆着、升腾着，飘着飘着，也就散了。

忙忙碌碌的人影，你来我去，男男女女的脸上，都泛着比阳光还灿烂的笑颜。几个顽皮的孩子，在人群中追逐打闹，一只脏兮兮的手胡乱地把一块糖塞进嘴巴，嘴都还没合拢，就扔下糖纸继续跑着、闹着。

我和奶奶被东家迎进上屋，炕上摆着的两张正方形的炕桌，边上已经围坐了几个人。我和奶奶在那些人热情的招呼下，脱了鞋子，也坐了上去。

奶奶告诉我："这个叫大娘，那个叫奶奶，这个是你九婶，那个是你七姑。"

我随着奶奶的介绍，挨个儿仔细看着、认着，然后叫着。

她们有的说："呀，这就是二子那闺女？越长越喜人咧！"

也有人仔细端详着我问："这衣服这么好看，谁给你买的呀？"

"你看这个娃娃听话的，就跟着她奶奶，也不瞎跑……"

说着，一个奶奶给我递了个橘子，说："橘子不错，我们都吃过了，还剩一个，给你拿着吃吧。"

那些年的农村，平时是很少能吃到水果的。像橘子啊香蕉啊苹果的，基本都只是过节才买点儿。买也不舍得多买，几颗而已，大人基本都不舍得吃，只留给家中那馋嘴的孩子。

在市里的三姑，倒是一个月回来一趟，会买一些回来。我倒也不至于像别的孩子一样一看见就上去抢了去，但心里还是有点稀罕的。

我抬头看看奶奶，奶奶说："拿着吧。"

我便伸手接了过来，听着她们嘈杂的说笑声，我便坐在一边，把橘子剥开，一瓣一瓣地吃着。

那酸酸甜甜的滋味，挑逗着我小小的味蕾，不知不觉中，橘子已吃大半。就在我觉得意犹未尽的时候，我突然想到奶奶还没有吃。于是，我用剥下的橘子皮将剩余的三瓣儿橘子包起来，装进了自己外套的小兜兜里。

宴席吃毕后，奶奶领着我回家。走在大门口，奶奶刚刚打开铜锁推开那两扇半圆形的木门，我就颠儿颠儿地跑到奶奶身边，有点神秘地说："奶奶，给您个小礼物，您看！"

说着，我便用小手掏出那用散碎的橘子皮包裹着的三瓣儿橘子，递给奶奶，说："这是我留给您的，奶奶快吃！"

奶奶看着我，满脸笑容，眼睛里闪着光，像是夜空里闪烁的星星一样，格外明亮。她弯下腰，摸摸我的小脑瓜，紧紧地将我搂进怀里。

迎面，吹来淡蓝色的风，吹乱了奶奶耳边的发丝。我看到了几根白发，零星在奶奶的鬓间，阳光下，略显刺眼。风是温的，从四周的房顶挤过来，将我和奶奶包围了起来，暖暖的，很温馨……

悄语清晨

朴实的小村庄，没有车水马龙的喧嚣，也没有人头攒动的纷扰。对于爷爷奶奶来说，自从"清理了门户"之后，日子仿佛也变得安分消停了不少。

父亲依旧每天骑着他的二六自行车，往返十里地，上着他朝九晚五的班。有爷爷在单位坐镇、指点，父亲在单位也是游刃有余。只是逢年过节前夕，村子里的人们就要购物过节，五百不多、三百不少地登门借贷，或者谁家要娶媳妇了，要盖房子了，都会来找爷爷周转。爷爷就会在他那写字台前安坐，一盏从我记事起就用旧的台灯，发出昏黄的灯光。爷爷便伏在案上写写算算，坐等的人便在炕沿上喝着茶、抽着烟，吞云吐雾间，缭绕着最淳朴的谢意，直到把一张张"毛爷爷"满意地揣进兜里，才会离开。

身后，淡蓝色的烟雾，像一条尾巴似的跟出了门，摇摇晃晃，消失在大门外。

那些年，很多人的日子都不算富裕。多少饱经风霜的院落，装满了破旧的光阴，装满了灰尘覆盖的生活，也装满了被现实熏黑的梦。即便如此，人们都是那般热情、阳光、心怀感恩。家里家外，凡是有个大事小情，不等着爷爷开口，人们都会过来搭把手、操个心。

如水的光阴，就这样，推着人们向前走。当太阳收敛了光芒，黑夜渐渐包围了村庄，我便在爷爷奶奶中间，钻进了柔软的被窝。

常常，我都要在入睡之前调皮一阵子，光溜着小身体钻进奶奶的怀抱。奶奶绵软的皮肤，像是婴儿的襁褓，将我紧紧包围。一双不安分的小手，穿过奶奶的背心，抱着奶奶的一只奶，凑上小嘴，含在嘴里，咂吧着。

每每如此，奶奶就痒痒得大笑，亲昵地拍拍我的后背，逗趣地说："都多大了，羞不羞？"

我总是一边含着奶奶的奶，一边抬着眼看着奶奶"咯咯"地笑着。那清脆的笑声，充满了童真的欢乐与幸福，就那么轻快地飘出了窗户，融入了小村庄的夜色中。

爷爷是每天醒得最早的。天才蒙蒙亮，爷爷就开始忽闪着双眼看着天花板，也许是在想事情，也许，只是单纯地发呆，等待天亮。常常，是我在被清晨的一泡尿憋醒后，就会钻进爷爷的被窝里去，缠着爷爷给我讲笑话、说故事。

在一边的奶奶还在酣睡，偶尔发出低沉的呼噜声。于是，爷爷就会搂着我，给我猜谜。直到现在我都还记得几个：

"腾台腾台摞腾台，十八个腾台摞起来。上头卧云彩，底下雪花开。"

"红嘴扁肚，黑尾巴上树。"

还有很多，随着时光的流逝我已经记不清了，爷爷总能说出很多有趣的谜语让我猜。刚开始我猜不出来，就耍赖缠着爷爷告诉我，爷爷就会对我说："腾台腾台摞腾台，十八个腾台摞起来，这讲的是蒸笼。你看那蒸笼是不是一层一层摞起来的？大的蒸笼一次能摞好多层，这就叫腾台。

上头卧云彩，是说蒸笼上的蒸气，白色的，像不像白云？底下雪花开，说的是锅里烧开的水，水开了以后是不是就像散开的雪花，在沸腾……"

听着爷爷的描述，我觉得有趣，就忍不住在爷爷被子里直扑腾。每每这个时候，被吵醒的奶奶就会突然转过身来，一副烦躁的样子说："大清早的干啥呢叽叽喳喳的，还让不让人睡觉了？睡醒了就起开！"

说完，奶奶扭过身继续眯着，我吓得收住了手脚往爷爷胳肢窝里钻。爷爷将我搂紧了，一只手的食指挡在嘴上，小声地说："嘘，嘘！"然后便声音更小地和我继续讲着别的笑话。

太阳就在我们的悄声细语中，也悄无声息地露出了笑脸。好像是我和爷爷的笑话被她也偷听了去，忍俊不禁中，便也早早地起了床，笑眯眯地为我们开启了崭新的一天。

蚂蚁洞

儿时的天空，总是那么湛蓝，那么清澈，就连天上飘浮的云彩，也总是那么洁白、那么悠然。

爷爷家的大院，平整而干净，不像很多人家的院子，因为养了很多家禽牲畜而脏乱不堪。

每当一场雨过后，满院都是泥土的清香，细小的沙砾，滞留在雨水流过的土地上，仔细看去，也有着不同的颜色。最是喜欢雨过天晴的院子，仿佛整个院落，在雨水的冲刷下，都变得透亮、清明了不少。

那时候的爷爷，总是骑一辆大梁自行车，车把的一侧挂上一个黑色的手提包。每到早饭过后，爷爷纤瘦的身影，就会随着那锃亮的自行车，闪烁成一道光，穿过大门南房的阴影处，将影子甩在身后，影子却又一直奔跑着、追随着。

有时候，看到爷爷要走，我就会跑过去抱着爷爷的大腿不让走。爷爷便哄着我，说下班了就回来陪我玩儿。我撒娇耍赖一顿麻缠，就是不撒手。

这时候，奶奶就会推开门，叫着我的小名，说有好吃的给我。我一听有好吃的，立马就松开了拽着爷爷衣服的手，朝着奶奶跑过去。

奶奶从不骗人，说有好吃的，就一定会有好吃的。只见奶奶迈着小脚，侧过身走下台阶，然后便向一间偏房走去。

爷爷就趁着这档工夫，左脚踩着脚蹬，右腿从车后座一跨，便骑着自行车走出了大门。

奶奶从那间落满岁月尘埃的有点昏暗的偏房里，拿出一块儿蛋糕，递在我手上，我便心满意足地跑开了。

上午的阳光，像洒出蛋壳的蛋黄，融融的，明媚而温暖。我拿着小蛋糕，边吃，边蹲在东房檐下的阴凉处。脚下几处蚂蚁洞，之前被雨水淹没，此刻，那些蚂蚁正忙着重新整理它们的洞穴。洞口处，一些满是小孔的湿土堆，虚浮地堆在一边。

突然，一只行色匆匆的蚂蚁，看到了我掉在地上的蛋糕屑，就停了下来。它围着蛋糕屑左看看、右转转，最后找到了它觉得合适的位置，拖住一处，便使劲儿地移动。一会儿往前推，一会儿倒退着拽。

蹲在洞口的我，看着那小小的蚂蚁那么卖力、那么使劲儿，心里想着，为什么看不到一只大蚂蚁呢？它们的母亲都去哪儿了呢？这么小的蚂蚁怎么就自己独立生活了呢？

哦，我明白了，它们也没有母亲，和我一样，它们也是被母亲抛弃的孩子。所以，它们必须自己动手，自己生活。就算府洞被雨水浸淹，就算洞口被泥土封堵，它们弱小的身体也要拼尽全力，一点一点地去衔挖、去修补，去努力地创造自己的新生活。

我用手指抠了一小块儿蛋糕，食指和大拇指将那小块儿碾碎，然后撒在那刚刚突出泥土重围的洞口。只见不一会儿，洞口就聚集了好多小蚂蚁，它们争先恐后，奋力拖运。有一块大一点儿的，一只蚂蚁跌跌撞撞抬了几下，抬不走，又转过来，试着拖走，也拖不动。就在这时，三四只蚂蚁适时而来，齐心协力，抬起那块儿大家伙，很快就移动到了洞口，搬了进去。

小小的蚂蚁，那般弱小的身体，形如尘埃，却也有着不屈不挠的精神、积极拼搏的心智，何其有趣！别看它们沉默不语，却有着无言也相知的默契。最是柔弱，却最是刚毅，没有谁会避重就轻，更没有谁会坐享其成，也不会有谁去埋怨生活对它们这样弱小群体的不公，也不会怨怼父母的不管不顾。它们唯一想着的，就只是靠自己，要努力。

从那以后，我经常在没事儿的时候，拿着面包屑、馒头渣去喂蚂蚁。其实，我很想能为它们省去一份力气，我想直接将食物塞进洞里，但又怕堵了它们唯一的出路。所以每次都只是撒在洞口，然后再看着它们一点一点搬进去。

时间久了，静观蚂蚁洞，都有了属于我的专用工具：一把小刀片，一根细铁丝。小刀片是我给蚂蚁备的专用"飞机"，如果看到一时找不到洞口的小蚂蚁，或者独自拖着重物的小蚂蚁，我就会想办法让它爬上我的小刀片，然后载着它，"嗖"一下就把它送到洞口附近放下，让它一下"机"就能踏上回家的"大门"。细铁丝是在雨水过后，泥沙封堵了蚂蚁的洞口时，我来助它们一臂之力，帮它们捅开泥土用的。

它们活着不容易，可以让生命那么坚强努力也不容易。我心疼它们、喜欢它们，所以，我的小刀片和细铁丝也成了我的两件小宝贝，每次用完都放在固定的地方，以免丢失帮不到它们。

我相信，上天会眷顾每一个坚强努力的生命，就像我会眷顾小蚂蚁一样。

鸡羊之趣

　　那些年，爷爷养着几只羊，奶奶养着几只鸡。爷爷不上班的时候，就会换上一套衣服，出去给羊割上一把草。小时候，总是感觉夏天格外热，我常常看到爷爷满头大汗地骑着自行车从大门进来。爷爷身材苗条，身手灵活，自行车后座上驮着那么大一捆青草，还别着一把镰刀，爷爷都能很轻盈地一只脚在自行车脚蹬上，一只脚从车座后面一跨，就下来了。

　　每到这时候，我就会从屋里跑出来，看看爷爷割回来的草里，有没有什么漂亮的野花是自己喜欢的，赶紧捡了去。我看到爷爷的脸颊，滑落着晶莹的汗珠，在炎炎烈日下，闪耀着明媚的光芒。

　　爷爷是个特别喜欢小动物的人，他养的羊、小狗，都会特别悉心地照顾。羊妈妈生了小羊，哺乳小羊需要营养，爷爷就会给羊妈妈另开小灶。它们每天喝的水，爷爷都不允许落进尘土，一天要给换好几次。羊圈也要每天打扫得很干净，夏天有夏天的住所，冬天有冬天的房子。我觉得，做爷爷养的小羊小狗，都很幸福。

奶奶则喜欢养几只鸡，从很小的时候就买回来，一直养啊养啊，直到它们可以下蛋，一养好几年。

那时候，我还没有上学。每天在家没事儿干，不是抱着鸡玩儿，就是站在羊圈里逗羊玩儿。

我记得小时候有一只白母鸡，因为是从小养大，养了好多年的那种，所以它特别皮实。每次只要我一走到它身边，它就会就地卧下，很温顺地让我将它抱走。就因为它格外听话，所以它是我最宝贝的小伙伴。我经常把它单独抱在一边，给它吃、给它喝，给它垒个窝，把它放进去，然后我就那么坐在它身边，摸啊摸啊的。

到了晚上，爷爷会把羊都关进羊圈。就在羊圈的一面墙上，有一个木架子，那架子就像是一座吊桥，从羊圈的窗口一直延伸到对面墙上。与"吊桥"相连着的，是横折九十度依旧是吊在房梁上的一排更宽的木架子，那便是鸡的住处。

小时候觉得特别奇怪，怎么鸡那么聪明，知道每天晚上的时候，就来到羊圈的窗口，从地面轻轻往上一飞，就上了"吊桥"，然后一边咯咯叽叽地叫着，一边摇摇晃晃地走过"吊桥"这一段，上了另一段，就会乖乖地卧下休息。直到后来才知道，那都是在它们长到能飞上窗口那么大的时候，爷爷奶奶连续几天把它们抓过来"教"会的。

小的时候，感觉奶奶是有点严肃的，她不像别人可以放任孩子随便出去玩儿，她总是管着我。每天不是忙着收拾家、洗衣服，就是做饭。奶奶一辈子干净惯了，从不闲着，她总是把我打扮得干干净净、整整齐齐的，什么时候都不差事儿。但奶奶脾气有点大，不能惹，惹急了会让我吃不了兜着走。

爷爷休息在家的时候，我都是缠在爷爷身边，让爷爷陪我玩儿。爷爷总是喜欢穿着整洁的白衬衫、深灰色的小马甲。胸前的小兜里，装着一沓零钱。每次爷爷都会顺着家里的炕沿，躺在边上看书、休息。我就会坐在炕沿边的凳子上，对爷爷各种抠、挠，不停捣乱。

印象中，爷爷脾气很好，尤其对我，怎么淘气都不会凶，由得我放肆。我经常会把爷爷兜里的钱掏出来，然后耍赖不给爷爷，看爷爷来要，我就总是要藏起一张两张，让爷爷猜少了多少，然后再让爷爷想办法自己找出来。爷爷每次都会被我逗得哈哈大笑，一玩儿就是好久。最后，爷爷还不忘给我几毛钱，让我买雪糕吃。

我还会把擦家什的抹布，趁着爷爷不注意，拴在爷爷后腰的裤鼻儿上，然后看着爷爷出门的时候，那抹布就像尾巴似的在爷爷身后一甩一甩，自己便乐得笑弯了腰。如果是走出门外，被路过的邻居看到了我的"杰作"，听着爷爷又气又笑地假装批评我，我就更是觉得成就感十足。

小时候我特别怕黑，农村平房大院，一到晚上，每次上厕所的时候，都是爷爷陪着我出去。冬天的时候特别冷，我在院子的墙角下蹲着，爷爷就开着院灯，揣着双手，不停地踱着步子在房檐下等着我。不论我一晚上需要上几次厕所，不论是解大还是解小，爷爷都不厌其烦地陪我。哪怕是他刚刚吃了饭，满头大汗，他也会戴上帽子披上衣服陪我上厕所，多少年如一日。别人都会说，开着灯呢有什么好怕的，出去吧，我在窗户上看着你。只有爷爷，他会说："别怕，咱自己家的大院儿有啥怕的？走，爷爷陪你出去。"

那时候，爷爷经常也很忙。爷爷不在家的时候，我就自己玩儿。我会站在羊圈的栅栏外，给羊递进一把一把的草，然后看着它们津津有味地吃着。羊有一个特点，就是没事儿的时候，即便嘴里没在吃东西，它也会不停地嚼啊嚼的，然后咕噜一声，停一刻，再接着嚼。爷爷说，那叫倒嚼。看着它们吃得那么香的样子，我就好奇了，心想，那青草，有那么好吃吗？趁着没人注意的时候，我也给自己拽了几根，放进嘴里，学着羊的样子嚼了起来。除了一股草味儿，并无其他。令我不解的是，我发现自己根本就咽不下去，然后又全部吐出来，吃得自己满嘴绿沫，用手抹抹嘴，以后便再也不吃了。

傍晚的时候，鸡都上架睡觉了。奶奶告诉我，鸡到了晚上，眼睛是看不清东西的。我又好奇了。

我打开羊圈的栅栏，把自己和羊关在一起。然后拿着一根粗粗的木棍，来到鸡架下，发出各种奇怪的叫声，观察鸡的反应。它们猛然间听到了动静，原本蜷缩着的身体，会突然立整起来，伸长脖子，将小脑袋扭左边看看、换右边听听，绿豆大小的眼睛睁得圆圆的，一副警惕的样子。每次看到鸡做出这样的反应，我就觉得特别逗。这时候，我就用自己手里的木棍，使劲儿地一下一下地捣着地面，发出"咚咚咚"的响声。这时候，羊也伸长了脖子，鸡也越发躁动不安。它们有的甚至会跌跌撞撞地站起身来，在那开始有点摇晃的架子上，划拉着猫步，然后靠近另外一只鸡，挨得紧紧地卧下，仿佛在寻找安全感。这时候，那只被挤着的鸡，就会很嫌弃地站起来，"咯咯咕咕"地叫着往一边挪一挪，几只鸡安逸的休息时光，就这样牺牲在我的乐趣之下。我一个人却像个傻瓜似的，站在几只羊中间，笑得前仰后合。惊得架上的鸡、架下的羊，一副更加茫然与惶恐的样子，我却觉得趣意横生，好玩儿得不得了。

直到玩儿够了、笑累了，我才会从羊圈里出来。

从小，我就喜欢唱歌，有时候一时兴起，我就会坐在羊圈的窗口上，放声高歌，唱着那些根本就不知道是什么的歌词，美美地觉得那是对几只羊和几只鸡的厚爱。我也把它们当作自己最忠实的听众，总是一吼就一个多小时，迎着冷风，闻着羊粪，唱得满心陶醉。

现在想想，那时候的自己，真是太可爱了。

时光飞逝，一切都在顺移。在这个过程中，所有人事都被时光追赶，一路奔跑，一路向前。羊没了，鸡没了，就连我的爷爷奶奶，也都没了。光阴如梭，只为我留下了这些挥不去的记忆、抹不尽的相思。

生命，是岁月的拾荒者，捡了今天，丢了昨天，还要奔赴明天，直至凋零。而回忆，是一片乘风而来的落叶。被吹散了很久，飘零了很久，却终究留在你的有生之年。无论何时捡起，你都能通过它清晰的脉络，细数那些曾经的过往，永不淡去。

停电的夜

一直以来，就特别怕黑。

每当夜幕降临，黑暗的双手，便会捂住所有的光亮，就连那悬在夜空的月亮，也总是一副瘦骨嶙峋的样子，只散发出悠悠的微光，给大地蒙上一层蒙蒙亮的黑纱。唯有家中那盏明亮的灯光，照进心窝，暖暖的，踏实。

灯火熄灭，万籁俱静的夜，卷着一片漆黑，沉睡在梦中，我便总是两只小手抓着爷爷的大手，安然寻梦。

偏偏，农村的电缆设备不够完善，三天两头停一次电，那也是常有的事儿。若是赶上刮风下雨，那更是想都不用想，准停电。而且这一停，就保不齐是几天。所以儿时的我，不仅怕黑，还怕刮风下雨、电闪雷鸣。

记得，那是一个风雨交加的傍晚。本来就有点疲惫的太阳，躲在乌云后，早早暗沉了天际。我知道，又要下雨了。

我习惯性地跑去院子西南角的旱厕，把一个大大的铁盆扣在上面，以防雨水灌入，若是被灌满了，爷爷还得淘厕所。然后，我又跑去院子的另一边，把白天晾晒在太阳下可怜的一点儿干柴收拢了起来，抱进奶奶做饭的西偏房。

因为家中大部分劳力都有工作，所以家里那几亩地也是越种越少，都包给别人了。因此，家里烧火用的柴就很是紧缺。取暖做饭都用煤炭，但生火总是需要干柴的。很多时候，都是左邻右舍的玉米秆、麦子秸多得用不了，就给爷爷拉过来一些。别人家多得当垃圾，在我家却是宝。

爷爷也在院子里忙碌着，奶奶也收拾着晾在铁丝上的衣物。我又跑去院子西北角，把尿桶提过来，立在家门口房檐下。奶奶一双小脚，虽没有完全裹成二寸金莲，但也比寻常人的脚小了不少。加上奶奶并不算瘦的身体，从我懂事起，我就总操心一件事，就是担心奶奶底盘不稳，容易摔倒。所以，所有我能想到的、力所能及能替奶奶代劳的事情，我都愿意颠儿颠儿地跑去做。

乌云低沉，风雨袭来，踮着脚尖儿站在玻璃窗前的我，看着外面肆虐的狂风，咆哮着将缥缈的雨丝撕扯得一片凌乱。亮晃晃的闪电，瞬间将天边劈开两半，照得天地骤白。紧接着，炸耳的雷声，由远及近，轰隆隆发出一阵阵的怒吼。我的一只小手，紧紧地拽着屋门的把手。那陈旧的实木门扇，总是容易被这样的疾风骤雨"呼啦"一下就带开，然后甩到一边去。每次门坏了，爷爷一个人都弄不好，得等着父亲回来才能扶上卯眼儿，重新装好。为了不让它再被风带跑，我就一直站在门口拽着它。

像这样暴虐的天气，停电是必然的。

爷爷走进里屋，踮起脚尖，从立柜顶上够了一支蜡，用火柴点燃，插到一支空酒瓶的瓶口上，放在了外屋靠近灶台的隔扇窗台上。奶奶和面的身影，瞬间在墙上无限放大，像巨人。蜡烛上的火焰，被奶奶擀面时摆动的身体扇动着，摇摇晃晃，像是跳着芭蕾舞的红衣姑娘，娇怯中似有几分羞涩，随后便又稳稳地伫立着，端庄优雅。

停电的时候，吃面是比较省事儿的。奶奶将擀好的面撒了一层干面粉，对折，用菜刀划开，将其一条一条地摆在了爷爷拿过来放在一边的漆面铁盆上，圆圆地摆了一圈。一看就知道，这是要吃手揪面片儿。奶奶收拾着案板、菜刀、面粉碗，我看到奶奶毫无表情的脸，就像那正在下雨的乌云，一片乌黑。好像，每一次停电的氛围，都比较沉闷。

爷爷一手拿着一瓶酱油，一手拿着一把铁勺，等着奶奶去隔壁房间已经烧开的锅上煮面。

爷爷一辈子都不会做饭，这也是奶奶最嫌弃爷爷的地方，总说爷爷笨，就知道支架着两只手，该放哪儿都摸不清。

看着收拾完灶台的奶奶走过来，守在门边的我便自告奋勇地说，我来端面盆吧。

爷爷说，你端不了。

还没等奶奶开口，我就走过去，端起摆满了面条的面盆，然后转移在左手上，把空开没有摆满面条的盆沿儿扛在腰间，然后用左手紧紧搂住。我的右手是空出来开门的，所以只能这样端。

其实，我是想表现给奶奶看，我想让奶奶看到我可以帮忙，想让她高兴。不想，当我一手搂着面盆一手去推开门的那一刻，巨大的风力瞬间就将门"哗"的一下拉开了，我便连盆带人，"呼啦"一声，全部被门的张力给甩了出去。

随着"咣当"一声，面盆上的漆面就像我受了惊吓的小心脏一样，碎了一地。所有的面条就都被泼到了地上，沾满了泥土和雨水。

我慌忙地从地上爬起来，都顾不上自己摔疼了，就心想，这下闯祸了。我赶紧在雨水瓢泼似的冰冷之下，去捡盆儿、捡面条。

这时候，只听奶奶一声怒吼，就像那天际的雷鸣，扶着门把手发起了脾气："说你不能不能，你非要端，这下好了，都别吃了，出去吃西北风去！"

爷爷一边上来拉我，一边闻声而应："本来就小呢，风这么大，大人也兜不住，一个五六岁的小娃娃，还一只手端盆子一只手拽着门，没碰着就行了，还叫唤啥？"

说着，爷爷接过我手里的盆儿，把我拉进屋，关上门，说："别捡了，都不能吃了。"

奶奶生气地冲着爷爷喊："就你能当好人，我让她端了吗？你干啥呢？你为啥不端？一天到晚支架上个手，就会吃，一下也不会做。别人刚刚擀好的面，哗一下就全倒了，还吃，吃刀子去吧……"

"你这个人才是，咋不讲道理呢？娃娃小呢，洒就洒了，再做不就行了吗？嚷嚷啥呢？"

"要做你做，站着说话不腰疼，把你们一天衣来伸手饭来张口地伺候惯了，不懂别人个好赖！"

"咋就不懂好赖了？你说谁不懂好赖？"

"就说你了咋啦？倒把你厉害得不行了，说不得了是吗？"

……

爷爷奶奶的争吵声，连同窗外的雷声，一样地震耳欲聋。蹲在角落里的我，不知所措又无比自责地将无声的眼泪，抹了一遍又一遍。

烛光摇曳，模糊了我的记忆，让我想不起那夜的那顿饭，作何结局。我只记得，爷爷和奶奶的争吵声持续了好久好久，爷爷消瘦的脸上，挂满了无奈，还有那眉间紧锁的叹息。

从那以后，我就开始害怕暗夜的风雨交加，害怕电闪雷鸣，也抵触那烛光摇曳的、昏暗的每一个停电的夜晚。

被窝的温暖

在我的记忆中，奶奶一直就是一个烈性女子。虽说是一介家庭主妇，但待人接物，礼貌规矩，一样都不差事儿。加上爷爷知书明理，体面有加，所以，自小家教严明，条条框框，都是规矩。

由于工作的关系，自小家中就常常有客到访。有人来的时候，七大叔八大爷，礼貌性地招呼那是必须要有的。若本就在家，有人来就必须要起身相迎；若是从外面回来，一进屋看到有客，就必须要有恭敬的称呼。若不知道叫啥，爷爷奶奶也会第一时间告诉我，然后立马补上，才能一边儿待着去。

再比如，大人说话的时候，小孩子不能插嘴；吃饭的时候，大人没坐下，小孩子不能上座；大人没有动筷子，小孩子绝对不能先吃；夹菜的时候，不能爱吃这个不爱吃那个满盘子挑食，夹住什么吃什么；夹菜要从边儿上夹，不许从中间夹；拿筷子的手，手指要全部收拢，绝不允许有一个手指头立起来；吃饭的嘴不能吧嗒出响声；不能说笑，不能打闹……

光在饭桌上就是一堆事儿，我常常饭吃一半就挨了训，委屈得就不吃了。每每如此，奶奶都会给我把饭菜温在锅里，备着我饿了时还有口热乎饭吃。

还比如，咳嗽的时候要转身，打喷嚏的时候要掩面；脱下的衣服要叠整齐放利索；午休起来的枕头，要第一时间收起来；迎客进门要礼让客人先进，客人要走必须起身相送；给人倒水不能倒满，放水壶的时候壶口不许对着别人；与人说话第一句一定要有称呼；也不许学别家的孩子说话，爷长爷短……

这些繁文缛节、条条规矩，对于当时只有五六岁的我来讲，真是每天都烦透了。我现在都不知道自己当时都是怎么记下，又是怎么做到的。倒是，印象中夸奖我的人的确不少。直到上学之后，老师都说我是村子里顶懂事有礼的好孩子，就连同龄的小伙伴儿，也都对我多几分尊重。

记忆中，爷爷总是穿戴整洁。一件雪白的衬衫，外面一件深灰色的马甲。一套整齐的中山服，穿在爷爷板直的腰身上，精神、帅气。爷爷总说，都是奶奶爱干净，整天洗洗涮涮，爷爷也就一辈子穿得干净体面。其实，是他俩都爱干净。

是啊，奶奶也是一辈子爱干净。记忆中，奶奶每天都会拿着抹布，把家里的衣柜、家具、电器，擦了一遍又一遍，然后扫地带拖地。最初那些年，奶奶屋子还是那种红砖地，硬是被奶奶拖洗得油光锃亮，都快要赶上地板砖了。那些粗布衣物剪成的布条捆绑成的拖布，被奶奶磨损了一个又一个。直到后来，家里翻新，换了瓷砖，地板拖起来就更轻便也更不禁脏了，奶奶就更得每天多拖上一回。

除此之外，奶奶炕上那一摞被褥，就像是摆在地板上的那一组大红柜，一米多高，都能叠摞得有棱有角。一块同样棱角分明的苫布盖着，正面几乎呈九十度垂直立整。那是奶奶绝对不允许我去滚玩儿的地方，说是弄歪扭了，来人就不好看了。所以，我从来不会破坏它的庄严肃穆，任凭它挺拔的身姿占据我玩耍的地盘儿，我都会躲着那一块儿。

只有到了晚上的时候，夜色就像是泄了气的皮球，一口气，就将沉暮铺展开来。那一垛神圣不可触碰的被子，就可以被我爬上去，瞬间滚翻。看着被褥"扑通"一声散落在后炕，好像一个被征服的败兵，任由我骑着、卷着，直到它们将我包裹起来。

那时候爱撒娇，每次只要一脱了衣服钻进被窝，我就会向正准备上炕睡觉的奶奶说，我饿了，肚子都扁了，我想吃饭。

这时候，奶奶总是二话不说，给我去灶上或火炉上热上一碗剩饭，有时候，爷爷还会在火炉盘上给我烤个馍。爷爷用铁钩把炉膛的火焰搂得呼呼作响，然后他就坐在边儿上给我不停地翻着馍，只一会儿工夫，那馍就被烤得热乎而焦黄，咬在嘴里脆脆的、香香的。奶奶还不忘给我的碗里加点儿热水，把饭菜泡上，端到用被子将我围坐的炕上，胸前给我铺一块儿大抹布，接着我嘴漏般洒下的饭渣儿。

直到我吃饱喝足了，便心满意足地钻进被窝，等着爷爷奶奶都上炕来，才一起睡觉。

当时觉得，能够在被窝里吃饭，那绝对是一种别样恩宠的享受。所以我经常想要满足自己的这点小心思，一睡下了就要吃的。奶奶从不烦我，总能端来一碗热乎饭给我吃。

还记得有一次，窗外下着蒙蒙细雨，空气中多了几分凉意。许是半夜蹬被子着了凉，早上起来便像霜打的茄子，哪儿哪儿都不舒服。奶奶起来叠被子的时候，就把我的被褥给留下了，摸摸我的头，对我说："不舒服就多睡会儿吧，被子就先不叠了，你想吃点儿啥，奶给你做，不行就让你爷爷烧水，给你煮两颗鸡蛋吃。"

印象中，奶奶从来不允许早上起来不叠被子，就连她自己不舒服，都要爬起来把被子叠好，然后另外拉个枕头，身上盖个外套什么的躺一会儿，从来没有因为不舒服就拉张被子盖，或揪张褥子铺。我一听奶奶说要给我留下被褥让我多窝会儿，立刻就高兴地在被窝里扑腾着两条腿，美美地将被子裹紧。因为从来都没有在白天的时候睡在被窝里过，所以就觉得那也是一种格外的享受。奶奶站在炕边儿给我端来一杯热水让我喝，我爬起来抱着奶奶"啵啵"一顿亲。奶奶笑眯眯地搂住我，拍拍我的后背，就给我煮鸡蛋去了。

睡在被窝里的我，看着一窗的阳光洒满屋子，透过窗上的玻璃，我看到刚刚放晴的天空碧蓝如洗，几朵闲云，就像是随风散落的花瓣，稀稀落落地分布，又不紧不慢地移动。我在被窝里摆着最舒服的睡姿，不知不觉睡着了。直到睁开蒙眬的睡眼，我看到奶奶像阳光一样洋溢着爱意与温暖的眼，手里，端着盛着凉水的碗，里面有两颗刚刚捞出锅的煮鸡蛋，其中一颗微微裂开，露出了沽白的蛋清，就像奶奶慈祥的脸上绽放着的那一抹微笑……

爷爷不抠

我一直觉得，爷爷的脾气，不算坏，就是唠叨了些，手紧一些，谨慎一些，没有害人之心，但有足够的防范之意。

唠叨，是因为他操的心多。这个问题，随着年龄的增长，我是越来越能理解的。操心不分大小事，可能有的人觉得这件事不值得记挂，但也可能有的人就觉得它就是一件大事儿。爷爷就是这种人，心不大，有点事儿就够他左思右想，瞻前顾后，方方面面，都要想它个十来遍。我常常在睡觉前，看到躺在一边的爷爷，一副若有所思出神的样子。搁置在身体一侧的左手就像是在写字一样地划拉着（爷爷是左撇子），我就知道爷爷肯定又在想事情。有时候我也会爬到爷爷身边，问爷爷："爷爷，您想啥呢？为什么看起来不高兴啊？"

爷爷一副回过神儿的样子，笑着对我说："没有啊，爷爷没有不高兴。"

然后，我就开始鼓捣爷爷，让爷爷陪我玩儿。

长大后，我惊奇地发现，脑子里想着事情，手指下意识地划拉着，写出自己心中所想的这个毛病，我也有。于是，我就更确定爷爷那样子是在思考中了。

至于手紧，其实就是经历过苦日子的人，养成的一种生活习惯。那是生活所迫，困境造就。但凡是从苦日子走过来的人，不论当下条件多么优渥，都难以改变仔细节约的生活习惯。爷爷是那种什么都不舍得丢掉的人。穿过的旧衣服，吃剩的罐头瓶，什么纸箱子、塑料袋，爷爷都会把它们放置在各种犄角旮旯的地方，等着不一定什么时候就能废物利用。就连爷爷上学时用过的字典、书本，那些写满时光流逝的枯黄纸张，都被爷爷一箱子一箱子地封存在覆满尘埃的包裹中。父亲和伯父总嫌弃爷爷啥也不舍得扔，啥也不舍得处理，把家里院里、东西南的偏房里，堆得满满当当。这一点，确实得承认，但是没办法，我们看不上的东西，在爷爷眼里都是宝。

那时候，我还小，不明白，只知道爷爷过日子节俭。虽然当时的日子在村子里已经数一数二了，但爷爷依旧仔细支配着每一份开销。当然，爷爷只是仔细，并算不得抠门。

我记得那些年，村子里经常会有开着三轮车或赶着马车游街串巷卖东西的小商贩，不是卖水果，就是卖方便面，要不就锅碗瓢盆堆一车一起卖。那时候，村里的买卖有个特点，就是拿粮换，而不是拿钱买。几斤玉米换几斤水果，或者几斤麦子换几袋方便面，那个兑换比例我不记得了，只记得每次只要听到吆喝声，我就会跑出大门外拦住，说我要买东西，让小商贩等着，然后我就跑回去拉爷爷或者奶奶去。别的还好说，只要是卖吃的，我是一定要买的。爷爷也会给我说："人家是要拿粮食换呢，咱们家不种地，没有多余的粮食换这些，拿钱买，咱就不划算了。"

我一听爷爷这话有不买的危险，就撒娇麻缠爷爷，同时还要磨着奶奶。奶奶就会给我说："和你爷爷说，奶奶又不挣钱，钱都是你爷爷赚的，问人家。"

奶奶一辈子把这句话说了无数遍，说得就好像她不赚钱爷爷就亏待了她似的，其实家里大部分现金都锁在奶奶腰间的那把钥匙上。爷爷从来都很让着奶奶的，就因为奶奶老这样说，所以爷爷就更是让着她。尤其到了后来年纪大了以后，爷爷对奶奶更是表现出令人感动也难得的深情与包容。

爷爷看我搂着他的脖子不下身，抱着他又是满脸亲又是不停晃地不消停，就抹抹糊了他满脸的口水，看着我笑着问："哪个牙牙馋得不行？爷爷给你拔了去！"

我扑腾着夹在爷爷腰间的两条腿，趴在爷爷肩膀上说："都馋，都馋，我就要买，爷爷你赶紧给我买！"

爷爷被我磨得受不了，就妥协了。把我放在地上，拿起挂在衣钩上的马甲，那兜里有钱。然后就直径朝门外走去。常常，爷爷买苹果，一买就是那种透明塑料袋捆扎的那么一袋子。就连买方便面，都是挑那个最好的，一搬一整件儿，一吃就是好多天。

这样的爷爷，抠门儿吗？

不抠。

只是经历过苦日子的他，倘若不是他那份精打细算，他又怎么能撑得起这个家，又怎么能仅凭一己之力，养大自己的五个孩子，还要供他们上学，直到现在，年近花甲，又养着我？

是的，日子是一天天变好了。尤其后来，五个子女都成家立业。只有二姑自小生病，过得辛苦一些；大姑虽在农村，但其儿女都有出息，生活也是很不错的；三姑就更不必说，一位在编的医护人员，找了当律师的三姑父，日子过得也是比上不足比下有余；至于伯父和父亲，兄弟二人都在银行上班，收入还算丰厚，日子自然越过越宽裕。爷爷退休后，领着几千块钱的退休金，那在村子里无论谁说起来都是一脸的羡慕。

即便如此，一些早年养成的生活习惯，爷爷依旧难改。以前，老听到家人言语间略有嫌弃的议论。说实话，尽管爷爷这一辈子对这个家真的也是劳苦功高，但实际上爷爷在家的权威性并不高。这源于奶奶对待爷爷霸气的态度以及同时带给我们的一些影响。所以，从小我就能听到大家对爷爷类似数落的不满言词。大部分时候，也就是一阵辩驳，但也有时候，会引起争吵。爷爷也会生气，这很正常。但只要一发出斥责，奶奶就要出面维护，最后就变成了爷爷和奶奶的争吵。久而久之，潜移默化就觉得爷爷和奶奶比起来，奶奶说的话，才更像圣旨，奶奶的主张才是对的、不可悖逆的。而爷爷，就变得不那么有分量了。

爷爷一生精明，其实，也一生艰辛。直到爷爷离世之后，我才知道原来爷爷自小就失去了母亲，真真儿是从苦日子里走出来的。可以想象，生在那个还刮着清贫风暴的年代，一个没了母亲的孩子，又是家中第四个儿子，能靠自己苦读求学挣得那份体面的工作，得有多么艰难。爷爷打得一手好算盘，曾经在内蒙古地区那都是无敌手，其计算之精准与计算速度，都能和计算器不相上下；爷爷还写得一手好毛笔字，早些年，一到临近过年，小半个村子的人都会找爷爷写春联，觉得在自家墙上院里贴着爷爷的春联，一副家有文化人的气势，看上去体面。

而爷爷，也总是来者不拒，不收分文，纯属帮忙。爷爷乐此不疲，直把自己累得腰酸肩膀痛。

其实，爷爷一生博爱。

他不抠，就算多了几分精打细算，那也是过往那些艰辛岁月馈赠与他的必备能力。若不是他那消瘦的肩膀扛起一片天，后来的我们，又怎能如沐春风般地摇曳身姿苗壮成长，个个都挺直着腰杆？就算他真有几分抠，那也是为了给我们创造更好的生活条件，为了带给我们更多，留给我们更多。

在我看来，爷爷从来都不抠。

突然的惊慌

印象中，年轻时的爷爷奶奶，总是容易发生一些矛盾和争吵，从我记事起，最担心的就是爷爷和奶奶吵架了。因为奶奶向来在爷爷面前较为强势些，所以，两人争吵，奶奶必须要占上风。很多时候，就算是爷爷说了一句奶奶顶了十句，奶奶都依旧气不过，不是不吃饭，就是直接搬到隔壁房间睡去。

倘若哪一次，爷爷也没忍住，和奶奶来个针锋相对，那后果就会更加严重。奶奶非得把自己气晕了不可，惊得我像狂奔的小鹿，左邻右舍地跑去找人，然后想办法把背过气的奶奶唤醒。好在，左邻右舍都是本家，不是爷爷的侄儿，就是孙子辈，大家也都习惯了。

只是，这样一来，我和爷爷的日子就不好过了。不但一连好几天没人做饭，关键是奶奶余怒难息，不一定啥时候就要暴发一下。多少次，奶奶气汹汹地从大红柜里打包了衣服就要走，都是我抱着奶奶的腿才把奶奶拖住。

现在回想起来我才明白，其实，奶奶就是虚张声势，吓唬爷爷的。

奶奶霸道就霸道在，明明嘴上说着爷爷赚钱养家，钱都是人家的这种酸话，看似委屈、卑微，实际上却总是要强势地压过爷爷的势头，生怕爷爷真就觉得自己赚钱养家了不起，时刻得以她自己的方式提醒爷爷，她才是最厉害的、最重要的。只要把爷爷折腾卑服了，奶奶也就消停了。

但在当时，奶奶的这点儿小心思，我并看不透。我只知道在这个家里，奶奶不能生气，只要奶奶生气了，所有人都不会有好日子过。所以我怕极了爷爷奶奶的吵架，生怕奶奶一气之下，连我都不要那就惨了。

一个阳光明媚的上午，我拿着一块风干的馒头，用小刀片刮着馒头末蹲在地上喂蚂蚁。不知因为什么，屋里传出了爷爷奶奶争执的声音。我听不太清他们在争吵些什么，就知道爷爷和奶奶的声音都很大。那种夹枪带棒、满是火药味的声音，穿过门窗，挤出门外，瞬间晒干在了炽热的阳光下，一阵风悠闲地飘过，吹散了一地。

我放下手中的馍和小刀片，站起身，怯怯地朝家里走去，打开门，看着爷爷奶奶一个吹胡子瞪眼睛，一个脸红脖子粗的阵势，不知道哪儿来的勇气，就喊了一声："别吵啦！有啥好吵的，为什么你们总要吵架？"

奶奶闻声，一副怒发冲冠的样子扭过来，冲我喊道："管好你自己！"

我被奶奶因为生气而显得有点狰狞的表情吓到了，转身就跑到院子里去了。

不一会儿，爷爷推开门走出来，径直走去西偏房，推出了他的自行车。我跑过去问爷爷："爷爷，你要去哪儿？"

爷爷说："爷爷去村南边看看那几分地，今年种了一点儿玉米，长熟了给你煮着吃。"

"我也要去。"

"那走吧。"

爷爷一手扶着自行车车把，一手从腰间揽起我，将我放在了自行车的大梁上。爷爷的左脚放在脚蹬上，右脚从后一跨，自行车就像飞一样地跑了起来，溜出了大门。

很少去田间的我，被爷爷抱下自行车后，站在地头的平地上，看着广阔的田野，一块块长方形正方形的耕地上，长着形态不一的幼苗，风像脱缰的野马，肆无忌惮地跑来，直惹得那些幼苗也蠢蠢欲动，摇曳身姿。

逆着光，我看到爷爷向后抄着手的背影，渐行渐远地融入光影之中。爷爷稳健的步伐，把流淌的波光踩出了浪花。突然，我想到了和爷爷吵过架之后，此刻正一个人在家的奶奶。我想起就在前不久，住在村北边的一个本家奶奶，据说就是因为和她家的那个爷爷拌了几句嘴，当天晚上，就上吊自尽了。

我的脑袋忽然就像被什么重击了一下，眩晕得厉害。刺眼的阳光，直晃入人的心窝，一种莫名的灼烧，让我觉得慌乱焦灼。绳子，爷爷房后那破败的房梁，生气的奶奶——不知道怎么的，我就把这些串联到了一起。

站在地头，我大声地喊着爷爷："爷爷，爷爷，我要回家！"

正欲走到田地另一头查看幼苗生长情况的爷爷，听到我的喊声，转过身回应道："稍微等等回。"

我跳着脚，无比迫切地说："我不，我现在就要回，你快点过来带我回家，我就要马上回，现在就回！"

爷爷没理我。想象中的画面依然占据我的大脑，心急如焚的我，眼泪便"吧嗒吧嗒"地落下来。仿佛想象中的那一切正在发生，我只有箭一样地冲回去，才来得及阻止。于是，我气急败坏地冲爷爷吼道："爷爷你到底走不走？你要再不走，我就拔光你的玉米苗！"

说着，我就蹲下身把脚下的几棵玉米苗连根拔起，然后还要转身去拔其他小苗。爷爷三步并作两步赶上来，拉住了我。他略显生气的脸上，几条清晰的皱纹，像晕开在水中的波纹，随着爷爷的说话而变换着弧度。

爷爷不解地说：“你是怎么回事？不是才刚刚出来吗？这小苗长大了，就是大玉米。你给爷爷都拔了，它们就死了。”

我跺着脚，抬起梨花带雨的小脸对爷爷说：“我不管，我要回家，现在就要回家！”

爷爷一脸无奈，将两只手合在一起，拍了拍落在手掌之间的尘土：“回，回，回！下次爷爷再也不带你出来了！”

坐在自行车的大梁上，我听到爷爷蹬着自行车均匀的喘息声，风在耳边调皮地唱起了歌，我却在心底不停地祈祷，希望没有发生我担心的事情，希望奶奶还好好地在家。

当自行车驶入大门那一刻，我睁大了眼睛像扫描仪一样搜寻奶奶的影子。一切，都是虚惊一场。我看到奶奶拿着抹布，背对着窗户，正站在那组大红柜前，一下一下地擦抹摆在柜上的小物件。

我猴急地跳下车，趴在窗户上看了看奶奶的背影，什么也没说，也没有进屋，就一个人蹲在了东房檐下的阴凉地儿。

之前丢下的馒头，周围爬满了像黑芝麻一样的小蚂蚁。我抬手，擦干残留在脸上的泪痕，拿起我的小刀片，继续把那块干瘪的馒头，切碎成渣……

夏夜

　　岁月，像一阵自由的风，总是可以随意地穿越那些陈旧的篱笆，将所有过往的枝枝叶叶都给你抖落一地，曝晒在阳光下，风干，吹散。

　　趁着还未散尽，赶紧随手拾捡了一片。枯黄的叶身上，隐约看到了时光的笔迹，上面落满了灰尘，就像夏夜的天空中闪亮的星星，斑斑点点。

　　还记得小时候，最是伏天让人闷热难耐，每天晚上吃过晚饭后，被太阳暴晒了一整天的屋子，就像是一个喘着粗气的蒸笼，恨不能把每一个角落都热化了。唯有屋外，那弥散着淡淡花香的风，像是一把不停摇晃着的蒲扇，能给人带来丝丝舒爽。

　　于是，爷爷奶奶就会一人拿一个小马扎，坐在铺满星光的大门口。或许，也会有一句没一句地搭个话；又或许，什么也不说，就那么坐着。溶溶的月光，奶水似的洒在夏夜的小村庄，也就只有那弯斜月，能够耐得过酷暑的闷热。

　　不一会儿，隔壁东院儿的大伯和大妈也一前一后，悠闲地走出门来。

看着爷爷奶奶在门口坐着，也就挪步过来，坐在爷爷奶奶大门两边的大石头上。有了大伯他们，就有话题聊了。大伯是爷爷的侄儿，虽隔着一堵墙的距离，但日常走动和一家人也没什么区别。我最是喜欢大妈能过来和奶奶聊会儿天儿了，因为奶奶和爷爷在一起的时候，大部分都是面无表情比较严肃的，只有有人来的时候，空气才会变得流动起来。

看他们闲话家常，一旁寂寥的我便灵机一动，跑回院子，从偏房里翻了几个大的编织袋出来，然后在大门的一侧把它们一层一层地铺好，便惬意地睡在了上面。听着爷爷奶奶和大伯大妈聊着、笑着，他们开心，我也觉得很开心。

我把两只手叠起来枕在后脑勺儿下，翘起二郎腿看着万籁俱寂的夜空，我发现那天空，并非纯黑色，倒是黑中透出一片无垠的深蓝，一直伸向远处。

我的视线很想能穿透这层黑幕，我很好奇，天之尽头会是什么？漫天的星斗，像一粒粒亮闪闪的珍珠，撒落在深蓝的玉盘上。沙沙作响的树叶，似乎也在谈论着白天的热闹与繁华。微风，温柔如奶奶的手，轻抚过我穿着小裙子的身体，裙摆被轻轻地掀起来，我慌忙抽出枕在脑袋下的手，把它盖了下去。

爷爷奶奶他们在一旁的谈笑声，像是点亮这夜色的萤火虫，乘着星光，以清风为翅，飞出了好远好远。

再仔细地一听，青蛙在村庄的池塘里纵情地歌唱，小虫儿在玉米地呼唤伙伴，蚯蚓钻在地底下说着悄悄话。还有那草丛中的蛐蛐，像是在唱歌，又像是在弹琴，只听歌声阵阵、琴声悠悠。我想，它们的母亲应该很快就会叫它们回家睡觉了。

乡村的夜晚，没有城市夜晚那般灯红酒绿，也没有城市夜晚的车来人往。乡村的夜晚，似乎一直都是浸润在宁静的氛围里。只有那蝈蝈、蟋蟀和没有睡觉的青蛙、知了，在草丛中、池塘边、树隙间，轻轻合奏出欢快的交响曲，点缀着村庄的静谧。辽阔的田野在静穆中沉寂，碧绿的庄稼，潺潺流动的小河，安静又弯曲地伸展在黑夜中的土道边、散发着馨香气味的野花和树叶，全都随着轻柔的晚风，结伴而行，调和着小村庄清新醉人的空气。

也不知道过了多久，躺在一旁神游的我，听到奶奶叫我："茹，起来了，睡得着凉了肚子疼。不早了，回去睡觉了。"

我一骨碌爬起来，大伯和大妈也站起身来，拍拍从石头上抬起的屁股，踩着月光，转身回去了。

奶奶也将两把马扎收在了手里，颠着一双小脚向屋子走去。爷爷走过来，帮我叠起铺在地上的编织袋。我三步并作两步，跑上去牵着奶奶的手。大门"嘎吱"一声，像是一个老汉打了个有气无力的喷嚏，就将一幕夜色关在了门外。

不一会儿，灯火熄灭，这院落，便同我一起，伴着爷爷微微的呼噜声，沉睡在我抱着奶奶的一只奶的薄梦中。

午夜"惊魂"

那些年，村子里大部分人都是以务农为生，很多人家一种就是好几十亩或上百亩地。当时年幼，并不知道好几十亩地的概念是什么。只知道左邻右舍都很忙，整日一张被太阳晒得黝黑的脸，迎面走来，打声招呼，只能看到露出的牙齿是白的。那些年，爷爷也还留着几亩良田，种点儿土豆啊，玉米啊，还有一点点小麦，以方便自己吃。

每年的七月下旬，便是收割麦子的农忙季节。印象中，前一两年收麦子，还是人工去割。凡是去割麦子的人，一人一把镰刀，站在麦地间，弯着腰，一搂一大把，"噜噜"两下，就把熟透的麦苗放倒了。让人刺痒难耐的麦芒，调皮地钻进人们的裤腿、衣袖，甚至脖颈。割倒的麦子被一捆一捆地扎起来，搬上四轮车，拉回专门的晒场上，铺开来晾晒。晾晒得差不多了，一个石灰石做成的碌子，被拴在四轮车头上，绕着金灿灿铺展开的麦场，转了一圈又一圈，直到麦穗上的麦粒全都被碾了下来。再用铁叉把麦秸挑出来，垛成一垛，留着做饭时当引火柴用。那些静静躺在麦场的麦粒，就像是刚刚脱离了母体的婴儿，饱满、圆润，看着特别喜人。

待到一个微风清扬的日子，混杂着尘土和残渣的麦粒就要进行扬场。一把木制的锨，铲着满满一锨的麦粒，扬在高高的空中。被扬起的麦粒便像断了线的珠子，以一个完美的抛物线扑簌簌地落下来。在这过程中，那些蒙混在麦粒中被嫌弃的尘土、残留的麦秸，就像是乘风吐出的一口唾沫，被撇置在了一边。

就这样，经过一遍又一遍的扬场，脱穗的麦粒才算拾掇干净，最后被装进一个一个的麻袋中，运回了各家粮房。

而今年不一样了，据说，收麦子有了收割机，脱麦穗有了脱麦机。前两天就听到爷爷和父亲说，村子里只有一台脱麦机，收割回来的麦子想要用脱麦机，都得提前排队。那几天，"嗡嗡"吼叫的脱麦机，在村子里从早忙到晚。那不停抖动的身体，冒出浓浓的黑烟，就像是被累坏了的人的一阵咳嗽，正在残喘着最后一口气。

犹记得，那是夏至过后的一个夜晚。该是轮着爷爷家脱麦子了，当时，我并不知道当天夜里，爷爷奶奶还有父亲要去脱麦子。我只记得那天晚上，我睡得比较早。许是因为睡得太早了些，又许是房后面的麦场上，工作到夜间的脱麦机太过疲惫，发出了别样干瘪的哮喘声，总之半夜时分，我忽然就在一阵嘈杂中醒了。

我看到昏暗的院灯，透过窗棂，照射着空无一人的屋子。我一骨碌爬起来，环视着屋子，一声接一声地唤着奶奶、爷爷。无人回应后，我便"哇"的一声哭了起来。我趴在窗台上，看到屋门上一把铁锁将屋门紧紧地锁起来，黑漆漆的大门紧闭，只有院子里疲惫的院灯，散发着慵懒的光。房屋后面，轰隆隆的机器声、人语声，混成一片，趁着夜色，肆无忌惮地蹿进了屋子。我意识到，爷爷、奶奶，还有傍晚回来的父亲，他们都没有在家，他们把我一个人锁在家里了。

从来没有独自一人在家的我，此刻，已顾不得去想他们都干什么去了。我感觉自己满心慌乱，鸡皮疙瘩起了一身，我害怕。

坐在窗台上的我，哇哇地哭着，眼泪抹了一把又一把。昏暗中，我仿佛看到各种怪物，从门上、窗户上，正走进屋子里来。我越想越害怕，越害怕越惊慌，那尖细的、充满了委屈与无助的声音，颤抖着挤出窗外，飘着飘着，就淹没在了夜色中。

一双小手，扒在窗户的玻璃上；急速运转的大脑，思考着我怎么能离开这一个人的屋子。突然，我的头碰在了张开一条小缝的上窗户棱上。我哭着揉了揉碰疼的头顶，便觉得眼前一亮。那是一扇可以揭起来的窗户，上面钉着一层纱。我在想，只要我从这儿爬出去，就可以离开这屋子了。于是，我把手伸出去，使劲儿地挣开了钉在窗框上的纱。我一手支着揭开的窗户，一手扶着窗框，用力地抬起一条腿，跨上窗框，骑上去，再把另外一条腿也迈过来，站在屋外的窗台上。然后，"扑通"一声，我就从一米多高的窗台上跳了下来。

这时候，我已经止住了哭声，我为自己的聪明机智感到暗暗地高兴。可偌大的院子，除了房檐下的一盏灯亮着以外，四处依旧是一片漆黑。也不知道爷爷奶奶什么时候能回来，我总不能一个人在院子里待一晚上吧？

我在房檐下走来走去，一个弱小的身影拖在身后，随着我的移动，被拉长，又缩短。突然，我想到了东院儿一墙之隔的大妈，于是，我就跑到院子中间用尽力气大声地喊："大妈，大妈……"

深邃的夜，被我的叫声震开了它刚想眯缝住的眼睛，几颗星星眨巴着亮闪闪的眼睛，看着我发出浅笑；一弯上弦月，像是一艘停泊在河岸的小舟，河面被我惊起一阵波浪，推着它轻轻地摇晃。

隔壁才刚刚睡下的大妈，隐约听到有人叫她，就披着衣服走了出来，站在院中确认着声音的来源。听到是我，她爬上房顶，对我说："你爷爷奶奶他们今天晚上脱麦子去了，还不知道啥时候回来呢。你来大妈这屋睡吧。"

说着，大妈从房顶上爬到了爷爷院中的羊圈墙上，伸手把我拉了上去，又摸着黑，从房顶上下去，便把我塞进了她自己暖和的被窝里。

　　炕上空着一床铺好的被卧，大伯没有在家，说是浇地去了。大妈搂着我，止不住地笑，问我是怎么跑到院子里的，又是怎么想起来站在院子里喊她的。

　　此刻的我，一脸的得意，躺在大妈怀里，晃动着两只胳膊，给她从头到尾地讲着事情的经过。大妈听后，笑得合不拢嘴，拍着我的后背说我猴点点个小人儿，还机灵得不行。

　　正说着，大伯回来了。

　　大妈没有开灯，透过淡淡的月光，大伯一进屋就发现了我这个小人儿，惊讶地问："呀，茹咋跑这儿来了？"

　　还没等我开口，大妈就一顿说，直说得唾沫星子在黑暗中迷失了方向，跳着跑着，全都落在了我刚刚风干泪痕的小脸儿上。

　　我下意识地将身子转过去，背对着大妈趄着。这时候，坐在炕沿的大伯，一边笑着回应大妈，一边脱掉了袜子，将一双沉重的脚抬上了炕。顿时，一股刺鼻的酸臭味儿扑面而来，呛得我喘不过气来。

　　疲惫的大伯，躺下没一会儿工夫，就响起了鼾声。躺在一边的我，在一阵被收进被窝的酸臭中，渐自熟睡。

　　第二天，夜色才刚刚收拢了翅膀，父亲就一副火急火燎的样子出现，继而又转换为一脸轻松的笑意。原来，凌晨时分，当爷爷奶奶和父亲忙活完麦场的活儿，一回到家，就发现我不见了。当他们看到窗户上的纱窗都被弄坏了之后，三个人惊慌失措，直以为我是被人抱走了。

　　直到爷爷想起来让父亲去隔壁问问，看听到什么动静没有，父亲这才找到了我。看到父亲来找我，我从被窝钻出热乎乎的小身体，径直就从炕沿边儿上跳到了父亲的怀里。父亲一身略显脏乱的衣服，绽放着年轻帅气的笑容，头上还有些许灰尘没来得及清洗，就亲昵地抱着我说：

"你可是把人吓死了，大半夜不好好在家睡觉，还能跑你大妈这边来。"

说着，便给我披了件衣服，把我抱了回去。

爷爷奶奶看到我被父亲抱回来，推开屋门迎出来，疲惫又焦灼的脸上，立刻就乐开了花儿。一边询问我怎么回事儿，一边把我从父亲手里接过去。

接下来有好些日子，我都听到大家在闲聊间，提起我那晚的"骁勇"事迹。我想，那个难忘的夜晚，那一刻，不仅惊了我的魂，也惊着了爷爷奶奶，以及父亲的魂……

三奶奶死了

初冬的一个早晨，太阳刚刚掀开一层薄幕，爷爷便起身，端着一屉炉灰，倒出了大门外。沉睡了一夜的炉火，在爷爷加进了几块碎炭之后，发出了"呼呼呼"的响声。刚刚倒了尿桶的奶奶，正站在脸盆架子旁洗手。窗帘只拉开半边，我睡眼惺忪地坐起来，拿起叠放在脚底的衣服，套在了身上。

这时候，只见一个身影，掮着一缕晨霜，带着几分哀容，走进了院子。头上一顶毛边儿外翻的白麻布帽子，聚集着晨曦的光芒，格外刺眼。

只见那人走进屋后，二话没说，就地跪下，磕了个头，然后起身，红着像血一样的眼睛说："叔、婶，俺妈昨夜……走了。"

说着，便掉下了眼泪。

他是南院三爷爷的二儿子。三爷爷是爷爷的亲哥哥，去年刚走。三个儿子各自成家，但日子一直过得捉襟见肘。没事儿的时候，奶奶经常带着我去三爷爷家和三奶奶唠嗑。三爷爷共有三个儿子，以前，小儿子没结婚的时候，三爷爷和三奶奶住在正房里。后来，小儿子也结婚了，正房住不下了，三爷爷和三奶奶就搬进了昏暗低矮的东偏房。

就在前几天，奶奶才带着我去看过三奶奶。虽然知道她最近身体不太爽利，但也不像是要谢世的样子。这才几天工夫，怎么就突然走了呢？我没太留意接下来他们都说了什么，我只是一个人静静地在想，人，为什么会死？

那是我第一次近距离地看到装着死人的棺木，出殡前的晚上，呼啸的狂风像是一只发怒的狮子，哀戚地嘶吼着。一口被颜料彩绘了的棺木，冰冷地放置在寒风中。有着彩绘图案的棺材，大头冲外，上面的图案，在灯光的摇晃下、纸张飞扬的阴影下，显得狰狞而可怕。我紧紧地拉着奶奶的手，藏在奶奶身后，走过了灵棚，进了正房。

其实，我一刻都不想多待。我的内心充满恐惧、嫌弃，还有无知不解的诸多遐想。端上来的热气腾腾的饭菜，我根本就不想吃，我只想能赶快离开。

回到家后，我就感到莫名地紧张，本来就不敢一个人在屋子、一个人去院子撒尿的我，这下更是吓破胆的感觉。晚上睡觉的时候，紧紧地抱着爷爷的胳膊，生怕有什么看不见的东西一把就把我拽走。

第二天，三奶奶在一片白色漫天、哭声起伏中，被送走了。爷爷奶奶，连同父亲、伯父、姑姑们，都在那个院子里。趁着吃饭的工夫，我一个人独自溜达了出来。

我说不出来心里是一种什么样的感觉，就是情绪很低落。我不想待在那个气氛沉郁的院子里，也不想去吃那顿饭。我不想触碰那个院子里的任何东西，也不想再看到三奶奶住过的那房子。我一个人，迎着风，双手插进衣兜，把头埋得很低很低，漫无目的地溜达着。

不知道从哪儿走过来两个大姐姐模样的人，我没有抬头，只听见她们擦身而过的时候，其中一个姐姐对另外一个姐姐说："喂，你看，这没妈的孩子，看着就是可怜。"

我猛然抬起了头，看着她们已经离去的背影，心里涌上一丝莫名的悲愤。方才听到的那句话，就像是凭空飞出的一把利剑，不偏不倚就落在了我的心口上，刺得我满心内伤。又像是盘旋在头顶上空的乌鸦，久久挥散不去。

　　傍晚时分，爷爷坐在灶前烧火，奶奶在灶台上切菜。闷闷不乐的我，听过了那句刺耳的话，经历了三奶奶的离世，总觉得心里堵着什么，难过得只想哭。想着前几天有说有笑的三奶奶，今夜，就睡在了荒郊野外的地底下。天那么黑、那么冷，她却再也回不了家了，家里的人也再也见不到她了。人为什么会死？为什么要死？

　　想到这里，我再也憋不住了，"哇"的一声就哭了起来。正在架火的爷爷和低头切菜的奶奶，都惊讶地转过身看着我问："咋了？"

　　我难过地走到爷爷奶奶跟前说："爷爷、奶奶，我不想你们死，我害怕有一天你们也死了，我怎么办？我不想你们死，你们能不能永远都不要死？"

　　说着，我就哭得更伤心了。坐在灶前小凳子上的爷爷，一把把我搂在怀里，温暖的手掌擦去了我挂在脸上的晶莹的泪珠，笑着说："尽瞎说！爷爷奶奶不会死，你还没长大呢，爷爷奶奶怎么会死？不会，你别瞎想。"

　　奶奶拿了一块胡萝卜，笑着递给我说："愣子，爷爷奶奶还年轻，不会死，你就别操心了。"

　　听到爷爷奶奶都说他们不会死，我终于止住了哭声。年幼无知的我，真的以为爷爷奶奶如他们所说的，不会死，永远都会陪着我，永远……

我有妈妈了

还记得，那年，我六岁，还是一个看似什么都不懂的小孩子。

一天中午，我在邻居家附近玩耍，路过自家门口时，突然发现，家里来了好多人。好奇心驱使我打消了继续玩耍的兴致，我连忙跑回家中。

还没等我伸手开门，奶奶就已经面带笑容地把门打开，迎面而来的，是一个戴着眼镜、穿着红色大衣的年轻女子。她温柔地微笑着，冲我打着招呼，将小小的我迎进屋里……

当时的我，做梦都不曾想到，就是眼前这个陌生的女子，会是我此后人生路上的重要向导。也许，这份情缘，是命运在冥冥之中早已为我安排好了的。她的出现，彻底改变了我人生的方向，成为我人生旅程中永远的指南针。

她便是我现在的母亲。准确地说，是继母。但是这个词，若用来称呼我的母亲，于我内心来讲，那是一种莫大的生疏与背离。

在我心中，她就是我母亲，不是亲生，却胜似亲生。

听说，当年待字闺中的母亲是经人介绍认识父亲的，时隔五年，父亲一直在时间中以求沉淀，对于婚姻，多了几分谨慎。与母亲虽然谈不上一见钟情，却也是初见过后就于彼此心中默认了的。

母亲是一名公务员，在乡政府工作，娘家就在奶奶所在村子南边的村子里。我看到她温柔地对我笑着，在饭桌上，热情地给我夹菜。那次，母亲是来和父亲订婚的，奶奶悄悄地告诉我，以后，她就是我的母亲。我瞪大了眼睛，似懂非懂地点点头，心里想着，我也有母亲了？

六岁，尚且不知道这世间有一种被称为最伟大的爱，叫作母爱，因为我从来就不曾知道那是什么，甚至也从来都不曾知道，"妈妈"这两个字，要怎么叫出口。母亲的到来，弥补了我内心对"妈妈"一词的空缺，也满足了我能够开口叫一声"妈妈"的渴望。

直到现在，我都很佩服也很感谢母亲的精明与开通，听说母亲在决定与父亲结婚前，外婆曾有言，问母亲要不要再考虑一下，毕竟，父亲还带着我。若说有此顾虑，作为老人，完全在情理之中。只是母亲非常坚决地说："有孩子又怎么样？没有孩子不也还得生吗？"就这样，母亲便一下子既为人妻，也为人母地来到我家，与父亲携手人生。

其实，我从小就是一个比较懂事的孩子。那幼小的心灵过早地承受了本不该属于那个年龄所应承受的思想与心理负担。我早在大人们闲聊时，在那躲躲闪闪的言语间，就知道了家里的一些情况，也隐约地听到，父亲将再婚，我将有一个新的母亲。只是一直深藏于内心，独自琢磨着，拼凑着事情的真相。

还记得，就是在父亲与母亲筹办婚礼期间，有一天，刚刚上完厕所的奶奶，看到我跑过去拉着她的手，突然对我说："茹，奶奶告诉你，过几天，你母亲就要回来了，以后就会和咱们生活在一起。你母亲之前去很远的地方工作去了，所以这些年都没有在家，过段时间，她就回来了，再也不走了。"奶奶还说："她就是你的亲母亲，只是因为太久没回来了，所以你爸要办喜宴庆祝一下……"

没有人会知道，我那幼小的心灵，其实什么都明白。我不但知道奶奶所言，是一个天大的谎言。更是明白奶奶为什么要编这样的谎言给我听。六岁，我便能够深深地读懂奶奶的一番良苦用心，我甚至为了让奶奶放心，装作豁然明白的样子，对奶奶说："我知道，我都知道，母亲外出工作是为了和父亲一起给我更好的生活。"奶奶听后满意地笑着，我便也装作若无其事的样子笑了。

亦是没有人知道，我对奶奶所说的"知道"中，都包含了什么。那天下午，我蹲在一个无人的墙角，一个人哭了很久很久。幼小的心灵中，第一次感受到了一种疼的感觉，在心中隐隐作祟。

我哭，不是因为酸楚自己被生身之母抛弃，而是心疼奶奶对我的那分疼爱与呵护的心情；我哭，亦不是因为我伤怀于曾经被小朋友叫作"没娘的孩子"，而是欣慰我从此以后，终于也可以是有母亲的孩子了。

所以，我早就迫不及待地想要开口叫"妈妈"了。但是奶奶告诉我，现在还不能叫，等过一段时间再叫。于是，我在心里默默地期盼，期盼时间能快点过，到时候，我就有"妈妈"可以叫了，我就再也不是没妈的孩子了。

几个月后，父亲在一声声祝福中，噼里啪啦地迎娶了新人。戴着大红花的父亲，和穿着大红喜服的新娘子合影的时候，怀里还抱着我。我红着像手里拿着的苹果一样的脸，绽放出最纯真、最骄傲的笑容……

温暖

不知道从什么时候起，幼小的我就懂得了人生有一种心情，叫作心酸。我常常不愿提及关于自己身世的话题。每每想到我是被她抛弃的孩子的时候，我的心就会像被针扎了一样地疼。

常常，我听大人们在闲聊中提及过往，提及她是如何对爷爷奶奶不敬，如何出尽了洋相地争吵不休，又是如何弃我于不顾，那些脑补的画面，就像是一块块拼图，在我的脑海中逐渐形成画面。我怨怼，甚至憎恨。

多少次的晚上，我躺在爷爷奶奶热乎乎的炕上，想象着天空中突然飞来了一颗炸弹，不偏不倚地就落在了西头的那户人家。我永远都不想见到他们家的任何一个人，永远都不想。

对于我来说，其实，我什么都不在乎，真相到底如何，已不重要，重要的，是我不再是人们口中议论的那个没妈的孩子了。打那以后，走在大街上，我觉得我的腰杆都挺直了不少。我骄傲，我自豪，我的内心充满了无以言表的欢欣和快乐。我终于不缺什么，终于觉得自己不比别人差哪儿了。我满心憧憬着美好的未来，我发自内心地珍惜这突如其来的拥有，我想，我一定要最争气，我要让所有人都看到，就算曾经是没妈的孩子，也绝不比有妈的孩子差。

新婚的那几天，父母在家休假。我怀着又想靠近但又有点不好意思的心情，趴在父亲那边的窗户上，看他们坐在沙发上聊天儿。为了引起他们的注意，我便拿了把锁子把房门锁上，然后隔着玻璃窗调皮地看着他们略显羞涩的面孔，自己却在屋外咯咯地傻笑。

父亲一面笑着一面假装生气地喊我把门打开，我却一溜烟地跑回奶奶的房间。不一会儿，我又跑过来，趴在了父亲那边的窗户上。

直到我那新入职的母亲，隔着玻璃窗温柔地对我说："茹，听话，把门打开，我给你吃好吃的。"我这才顺从地拿出手里握着的钥匙，开了锁。其实，我就是想要引起她的注意，我想能站在她的面前，开口，叫出人生中那第一句"妈妈"。

自从母亲来了以后，她就给我洗衣、洗头发，教我认字、背唐诗。我总是新鲜又殷勤地跟在母亲身后，看她卷曲的头发，闻她身上的味道。我顺从她的要求，学写汉字，学背唐诗。在我调皮地欺负爷爷的时候，她会告诉我，不能那么对爷爷，那是一种没有礼貌的行为；在我爬墙上房的时候，她会告诉我，女孩子要文文静静的，不能爬高上梯，太淘气了会被人笑话的。她说的，我都愿意听。她给我买衣服，买吃的，买连环画，买书本，让还没有上学的我，就学到很多新知识。

奶奶对我说："你妈对你挺好，奶奶也就放心了。你要好好听话，将来万一哪一天，奶奶不在了，也就没啥不放心的了。"

每每听到奶奶这样说，我都会极力地辩驳："奶奶不能不在，爷爷奶奶要一直陪着我的，我们说好了的。"

奶奶就笑眯眯地把我搂在怀里，像个不倒翁似的，摇啊，摇啊……

比起爷爷奶奶活到耄耋之年，那时候的爷爷奶奶还算年轻。尽管我也算有了一个完整的家，但在我的心中，爷爷奶奶的位置，迄今无可取代，更别说在当时。

　　冬日的严寒，就像一张撒开的网，铺天盖地而来。爷爷拿着铁火钩搅了搅有点沉闷的火炉，炉膛内的火焰瞬间跳跃起来。红色的火光，从炉盘的缝隙间挤了出来，唱着欢快的歌。奶奶盘着腿坐在里屋炕头上，淡黄色的灯光照在奶奶的脸上，散发着溶溶的光，我看着，念着，便温暖了我这一生……

糊新窗

　　很多年前，奶奶家的窗户还是纸糊的那种。每年过年前，奶奶就会买各色漂亮的窗花，腊月二十三一到，就要撕了旧窗糊新窗。那时候，我觉得最好玩儿的就是打扫屋子糊窗户了。房间里的很多东西都会被摆到院子里，什么桌子椅子、沙发柜子，摆在房间里的时候，也不觉得有什么，可是搬出来摆在了院子里，我就觉得好玩多了。不是爬上这个桌子，就是跳上那个椅子，还要抱个枕头，在沙发上躺一躺，感受阳光就像一张大棉被似的盖满了我的全身，刺眼的阳光晃得我睁不开眼睛，我就眯缝着双眼，任由清风拂面。

　　爷爷奶奶和父亲母亲进来进去忙得脚不沾地，我也会勤快地帮忙拿个花瓶啊，搬个凳子啊。常常，在这种情况下，爷爷平日里一张满脸堆笑充满慈祥的脸，就会变得有点阴沉灰暗，那紧锁的眉头，仿佛是那刚刚洗出的一坨抹布，被拧得皱皱巴巴的。爷爷就是这样一种性格，稍微有点活儿，先犯愁，再动手。尽管一辈子都不差事儿，但这容易惆怅的毛病，始终都不曾改变过。

等屋里零七碎八的东西都搬出来以后，换上旧衣、戴着帽子的爷爷和父亲就开始打扫刷墙了。一把鸡毛掸子，在爷爷的挥舞下，抖动着浑身的羽毛，像极了一只红眼的公鸡，斗志昂扬。直到浑身沾满了灰白色的墙灰，才会倚在墙角喘口气。父亲个子更高一些，踩着凳子，一手端着一个小桶，里面盛满按比例冲开的刷墙粉，一手拿一把由青草捆扎成的软刷，一下接一下地将纯牛奶般的刷墙粉涂满屋顶和墙壁。

另一边，奶奶和母亲站在揭了油布和炕毡的大炕上，准备糊窗户了。同样被刷白的炕皮，裸露着挂满尘埃的肌肤。为了不踩上脚印，奶奶和母亲的脚底都铺了一张张报纸。炕沿边上，堆放着花花绿绿的窗花和白麻纸，猛然看过去，像极了盛开着的五颜六色的花。窗花纸上，那一朵一朵的大红花，葳蕤成簇，娇艳欲滴，展现出一种春暖花开的欣欣向荣。这样的窗花糊在窗户上，洒满温暖的阳光，整个房间都会觉得春意盎然，令人赏心悦目。

站在院子里玩耍的我，看到奶奶正要伸手撕掉旧窗纸，我便一个箭步冲回屋，爬上炕，挤在奶奶面前说："我来我来！"个子还不够高的我，一手扶着窗框站上窗台，一手挥舞着小拳头，像是要打架一般，左一拳、右一拳，窗户纸就多了两个大窟窿，凉飕飕的冷风，瞬间就扑在了我的脸上。奶奶笑着说："行了行了，糊一个撕一个，你都捅破了还不把人冻死呢。"

被捅破的窗户，就像是一面破鼓，风一吹，发出刺啦刺啦的响声。临下窗台的时候，我还不忘伸出食指，将窗户的边边角角也戳上几个小洞，然后把一只眼睛捂上去，窥视着小洞洞外的院子。其实，我所谓的帮忙，纯属捣乱，就是觉得好玩儿。

第一扇窗户还没糊完，坐在一边等着撕窗纸的我就已经等不及了。趁着奶奶没注意，站起来冲到又一扇窗户边，"噌噌"两下，就给撕了个大窟窿。瞬间，冬日的寒流，像是炸开的人群，蜂拥而入，直吹得奶奶耳后的头发都凌乱地飞了起来，然后又不识相地挡在了奶奶的眼前。

奶奶腾出沾满糨糊的手，把一缕夹杂了银丝的头发拢到耳后，略显无奈地说："这个娃娃才是，跟你说糊完一个撕一个，你撕开这么大个窟窿干啥？把人吹得呼呼的。"闪在一边的我，调皮又得意地发出"咯咯咯"的笑声，像一阵铜铃，钻出开口的窗窟窿，飘出了窗外，散碎在阳光的斑驳中。

中午时分，有着隔扇的里外屋窗户，还剩一大一小没有糊完。爷爷和父亲的墙，也只刷了一多半。这时候，上蹿下跳忙得不亦乐乎的我，饿了，站在地上喊奶奶："奶奶，你们怎么还不做饭？我都要饿死了！"

正在刷墙的父亲，把刷子湜在手里的铝瓢上，扶了扶压低的帽檐，翻过手背，擦了一把鬓角滑落的汗滴，扭过头看着我笑着说："你这一上午啥也不干还饿？我们还没说饿呢。"

奶奶一边把一张刷好糨糊的白麻纸覆盖在已经粘在窗棂上的窗花上，和母亲往窗棂两边及上下摩挲着，一边说："快了快了，糊完这个奶奶就给你找吃的。"

母亲开玩笑地说："莫不是小肚肚上也长了个窟窿吧？早上吃了那么多就又饿了？"

爷爷闻声，住了手里的活儿，拍拍满是尘土的手，出去拿铁簸箕端了几块碎炭回来，倒进火炉，烧上一壶开水。

奶奶对爷爷说："去那屋把干粮拿过来，都吃上一口，歇一会儿再忙吧。碗柜里还有几块儿蛋糕，你拿过来，让茹先吃着。"

父亲也跳下凳子，把刷子和见底的铝瓢放在了一边，拉着我去隔壁房间洗手。奶奶和母亲也下了炕，站在火炉边，烤着在窗户上风干的冰凉的手。爷爷将烧好的开水，倒进了换了新砖茶的茶壶，看着我和父亲走过来，说："等等茶泡好了，热乎乎地喝一口。不然冷风哈气的，容易肚子疼。"

爷爷总是最贴心，总是习惯提醒大家，水要趁热喝，饭要趁热吃，干啥都要热乎乎的。

正午的阳光，像一块膏药，贴在了新糊好的窗户上。杯中的热茶，散发出浓浓的茶香，随着飘出的水汽，融入一窗暖色中，看上去，热乎乎的。

暴雨过后

　　由于父亲和母亲的工作单位，都在距离爷爷奶奶家十里地以外的乡村，所以父亲和母亲结婚后，最开始，两个人还每天披星戴月地早晚两地跑，后来，为了上班方便，父亲和母亲就在单位附近的家属院里安置了新家。这样一来，父亲和母亲就不用每天往返二十里地，风吹雨淋了。为了方便回爷爷奶奶家，父亲购置了摩托车。那时候，村子里有摩托车的人还很少，所以每每父亲骑着天蓝色的豪爵摩托车，载着母亲回来的时候，那轰隆隆的响声，由远及近，充满了威风。

　　那时候，我总是习惯性地盼着听到那声音，不用见其身，只要闻其音，我就能准确地判断出是不是父亲的摩托车声。每次在院子里听到那熟悉的声音，我就跑着跳着，喊着奶奶："奶奶，爸爸回来啦，我爸爸回来啦！"由于见得少，每一次相见都有着说不出的喜悦和欢欣。

　　而已经退休在家的爷爷，与整日无事的奶奶，也是盼着父亲能多回来几趟。那些年，大伯相对离得远些，除了逢年过节，平时也很少回来。大姑和长年有病的二姑，也只是偶尔来小住几日。在市里上班的三姑，因为还未成家，也就差不多一个月回来一次。只有父亲和母亲，离得最近，也因为还有我，跑得勤快些。每次回来都大包小包，买一堆新鲜的蔬菜和零食，以及穿的用的。

而我，一直以来都是和爷爷奶奶住在一起的，很少去父亲家。所以，就只能盼着他们多回来一趟，我高兴，爷爷奶奶也开心。一家人坐在一起吃顿奶奶做的包子，或者炒菜米饭，其乐融融。父亲和母亲顶多住上一晚，第二天一大早就又赶去上班了。

印象中，那些年的雨水总是格外多了些。一场大雨过后，父亲和母亲因为土路泥泞，就得有好几天不得回来。所以，我最讨厌下雨了。

更讨厌的，还是下那种狂风暴雨。豆大的雨点，在狂风中肆意抛洒。天地连成一片混沌，树木被刮得左摇右摆。断枝残叶，被席卷到了房顶上、墙头上，一片凌乱。刮断的电线，缠绕在电线杆上，黑灯瞎火中，脾气暴躁的雨点，噼里啪啦地打在玻璃上、纸窗户上。冰冷的雨水，像是一坨水墨，瞬间晕染了整个窗户纸。我和爷爷奶奶，一人拿一面高粱秆儿做成的盖帘，站在炕上，捂在马上就要被雨水闯破的纸窗户上，生怕一个大窟窿出来，雨水就钻进了屋子、爬上了炕，那晚上还怎么睡觉？

不一会儿，狂风暴雨终于过劲儿了，我和爷爷奶奶拿下挡在窗户上的盖帘，被雨水打湿的纸窗户，明显多了几分脆弱，像沾满泪水的眼睑，颤抖着。只有一支蜡烛，悠然地摇晃着，不慌不忙，不惊不惧。

奶奶拿着一块抹布，擦了擦炕说："乌漆麻黑的，早点铺炕，睡吧。"

于是，祖孙三人便铺着夜色，盖着雨声，枕着泥土淡淡的清香，安睡在钟表的嘀嗒声中。

第二天一早，被雨水冲刷过的太阳，格外亮眼地爬上了墙头，仿佛一面拂尽了尘埃的镜子，明晃晃地将我从梦中唤醒。

推开门，空气像被过滤了般清新扑鼻。雨后，潮湿的院墙呈黑褐色，地面也喝饱了水，带着潮气，像雾水打湿的纱。正在爬升的阳光，挂在铁丝上随风摆动着，晾晒着。伸出手，触摸，也是潮潮的，透过指尖散落下来，一束束，细密均匀，像挂面。

昨夜的疾风骤雨，让原本平坦的院子，多了几条细细的小水渠，蜿蜒蜒蜒，像是被风撞伤了腰间盘，一直延伸到大门洞口的小水道。水道口聚集了一些杂物，爷爷拿着铁叉把它们挑在一边，又刮拉刮拉沉淀的淤泥，以免出水口堵塞。

吃过早饭的我，蹲在院子里，寻找被雨水泥沙淹没的蚂蚁洞，拿着细铁丝，准备"开门凿山"，再助它们一臂之力。一双小脚的奶奶，侧过身子，迈下对于她的腿脚来说有点高的水泥台阶，沿着东房檐下红砖铺就的小路，向大门外走去。

那小路，是父亲和母亲自己铺的，就是为了雨雪天好走。奶奶脚小不够利索，有个砖路，不易滑倒。可即便如此，当时还没有扣瓦的东房檐下，依旧流下了很多泥水，聚集着一坨一坨的淤泥。我看奶奶走下来，赶忙跑过去拉起奶奶的手。那时候的我，人不大，但内心是强大的，总觉得我可以保护奶奶，仿佛就算她会脚底打滑，我也能撑得住她那微胖的身体似的。

农村的街道巷口，总是容易泥泞不堪。再加上有车马牛畜乱行杂踩，几个来回，就难以落脚了。爷爷在大门外，拿着铁锹，铲铲除除，维护着大门外的平整干净。奶奶就倚着墙，坐在门口刚刚被太阳晒干了潮气的石头上。

门前一侧的一洼小水坑，滞留着昨夜的雨水。经过了从天而降的长途跋涉，此刻，正静静地躺在那泥窝窝里歇着脚。我走过去，蹲下来，趁着奶奶不注意，伸出一个手指头，搅动着原本澄澈的雨水，瞬间，明晃晃的小水坑变得一片混浊。我不停地搅啊搅啊，小水坑都被我搅翻了，成了稠稠的泥浆。

这时候，奶奶看见了，喊了我一下："干啥呢？你看看那多脏，没个玩儿的了，玩儿泥巴呢？赶紧别玩儿了，一会儿衣服也弄脏了，还得给你洗呢。"

我扭过头，用央求的口气跟奶奶说："就让我玩儿玩儿嘛，就这一次，我不会弄脏衣服的，玩儿完了我就去洗手。"

在一边的爷爷说："玩儿那干啥，那都是粑粑，你看哪个女娃娃和泥呢？快别玩儿了，爷爷给你把它铲平。"

说着，爷爷的锹头就杵过来了。我张开已经满手是泥的胳膊，娇嗔地说："不行不行，不能铲平！我就要玩儿，我要捏个泥娃娃。爷爷，等我捏好了，给您和奶奶看像不像。"

"凉哇哇的，捏那玩意儿干啥！"说着，爷爷便也拿着铁锹转身走了。

我用手挖了一块泥，拍拍打打，捏成了圆形，当娃娃的头，又把两坨泥巴捏成长条，在圆坨两边一边放一条，假装娃娃扎着的小辫儿。又拿了一坨捏成正方形，当作娃娃的上身。一双糊满泥巴的小手，又挖又和，捏了四个长条，分别是娃娃的胳膊和腿。还另抠了两小块当作娃娃的脚丫子。然后又拿随手捡起的小木棒，给娃娃画上了眼睛、鼻子，和正咧开笑着的嘴巴。上衣还有纽扣、小兜。

坐在一边的奶奶笑我，说："心灵手巧的娃娃，捏得还有点儿看头。"忙活完的爷爷，杵着铁锹站着，看我捏完了，就说："行了，别玩儿了，你看看那两手泥，快回去洗手去！"

我搓着往下掉着泥渣的手，嘱咐着爷爷："不许给我弄坏了，我要一直留着，等太阳晒干。"

一阵清凉的风拂过脸颊，我看到泥娃娃绽放着笑容的小脸，充满着无限的童真与可爱。

闯祸

母亲怀孕了。

奶奶爬上些许皱纹的脸上，堆满了欣喜的笑容，爷爷也带着充满期待的眼神，渴盼着又一个孙子或者孙女的到来。

奶奶和爷爷说："你说，也不知道是个男孩儿还是女孩儿。唉，要是个男孩儿就好了，咱家目前还没有小孙子呢。"

爷爷扶了扶戴着的老花镜，翻了一页手中的老年杂志，说："是个小子最好。问题是这种事情，不由人。自己生的，啥都好。"

奶奶一边擦着大红柜上的花瓶，一边说："看你说的，那咋就能啥都好呢？你也不想想咱家啥情况。二子他们已经有茹了，再生个闺女，肯定是自己生的更亲。到时候，茹就不稀罕了。那能一样吗？要是能生个小子，最好。一儿一女，都稀罕，要啥有啥，最好了。"

爷爷觉得奶奶说得也有道理，便也没再吱声。

四五月份的天，还有几分春寒料峭。那时候的我，尚且不知道，独占花园的自己，很快就不再是家里的独宠，更不知道奶奶欣喜之余的担忧，是多么的为我着想。我只看到一向身材苗条的母亲，穿着宽大的衣服，逐渐隆起的腹部，像是揣了一颗大西瓜，紧致而圆乎。

那是一个周末的午后，几只新来的燕子，盘旋在空中，又落在铁丝上，它们唧唧啾啾地呢喃着，物色院子里合适筑巢的地方，商讨着落定新居的计划。路过的几只麻雀，看到有老朋友到来，也收拢了翅膀，站住脚，闲唠了几句。那段时间的我，格外淘气，爬墙上房，已不在话下，还动不动就学小牛犊的样子，喜欢突然袭击地拿头撞人。

这个悠闲的午后，奶奶在地上扫扫这儿、擦擦那儿。爷爷出去蹓跶了，父亲在他那间屋子里不知道忙些什么。独自一人坐在凳子上玩耍的我，透过玻璃窗，看到母亲正站在院子里埋头剥葱。也不知道我当时是怎么想的，就"咚咚咚"地跑出去，直接照着母亲的后腰，用头顶了上去。

只听母亲发出"啊"的一声尖叫，就蜷缩着身体有点困难地蹲在了地上。闻声出来的父亲，赶紧过来搀起母亲，问怎么了。

母亲脸疼得有点扭曲地说："茹用头从我后腰上撞了一下，肚子疼得厉害，快，赶紧找大夫！"

奶奶也过来扶着母亲，和父亲一起把母亲扶上了西屋大炕。我不知道发生了什么事情，看着父亲和奶奶紧张着急的神色，我吓得躲进了奶奶住的那间屋子的角落里。

那时候，母亲已经怀孕五个月了，胎象一直很好，结果被我这一撞，不但见了红，还有了流产的征兆。我不知道接下来父亲和奶奶都忙活了些什么，我只是隐约地感觉到，自己好像闯祸了。

不一会儿，一个妇科大夫来了，和母亲同是乡政府的同事们也赶来了，隔着墙，我隐约听到他们你一言他一句，说什么危险啊，流产啊，输液保胎之类的话。不一会儿，父亲和奶奶就过来了，我窝在墙角的凳子上，听着父亲和奶奶劈头盖脸的质问和数落："你干啥要拿头撞人？你看看把你妈撞成啥样了！"

"这个娃娃一天到晚也不知道想要干啥，就知道捅娄子，女娃娃家的一会儿也不老实。你为啥要去撞你妈？"

　　"你妈怀着娃呢你知道不知道？你看看多危险，能不能保得住还不知道呢，你说说你尽干的啥事儿啊！"

　　……

　　我愣怔着坐在角落里，埋着头不看父亲和奶奶的脸，只顾委屈又害怕地掉着眼泪，一句话也不说。

　　我没有坏心，也没有想啥。就算母亲怀了孩子，我也没有想到会对我有什么影响，我根本就不懂。我就是和母亲玩儿的，并不知道会这样。可是，隔壁房间的母亲都流血了，都不能起炕了。闯下这么大的祸，我还有什么可说的？我哇哇地哭着，眼泪哗哗地滑过脸蛋儿，不知道还能怎么办。

　　最后还是奶奶，缓和了口气哄着我说："行了，别哭了，过去看看你妈去。"

　　于是，我抹抹眼泪，屁颠儿屁颠儿地走进了隔壁屋子，爬上炕头，跪爬到扎着液体的母亲身边，静静地看着那挂在屋顶的玻璃瓶子，又看了看母亲那盖着被子的肚子。站在一边的奶奶说："和你妈说，就说你不是故意的，不知道你妈肚子里有小宝宝，就是想着玩儿的。"随后，奶奶又一副严肃的口气说："以后记住了，再不敢拿头撞人了，听到没？"

　　我跪坐在母亲身边，小声地说："妈，我不是故意的，我不知道会这样，我就是和您玩儿的。"

　　说着，委屈的眼泪就吧嗒吧嗒地落了下来。

　　还沉浸在腹痛中的母亲，伸出手摸了摸我支在腿上的胳膊，有点有气无力地说："没事儿，没事儿。你玩儿去吧，让我睡一会儿，就好了。"

　　我怀着无比郁闷的心情，退出了房间。一个人蹲在一个角落里，默默地祈祷，希望母亲肚子里的宝宝不会有事。

　　这是我的内心第一次充满愧疚。

我有弟弟了

自从上次的事情过后，我的内心就多了几分小心谨慎。生怕一个不小心，再闯出什么祸事来。好在，上天保佑，经过了几个月的卧床休养，母亲肚子里的孩子，总算保住了。

我有时候也听到父亲和奶奶议论，不知道保住的孩子，将来会不会有什么问题，别留下后遗症啥的。奶奶说，应该问题不大，生下来就知道了，现在也没啥办法……

那是一个初冬的夜晚，到了预产期的母亲开始了阵痛。父亲和奶奶几乎一晚上都没睡觉，还有上次来的那个妇产科大夫，一直守候在母亲的那间房子里，观察动静。只有我和爷爷，在奶奶那屋子里，时睡时醒。

感觉，那天的夜，似乎格外漫长。整个院子，都被罩在夜色的黑衣之下，时针不停地走着，将原本寂静的夜，踩出了一串脚步声。晨晓，如同一阵咳嗽，震破天际，散发出灰白的光。熬了一夜的父亲，焦灼地出来又进去。清晨的第一缕阳光，在母亲一阵紧过一阵的腹痛中拉开了帷幕。我穿上衣服，站在母亲那间房子的门外，听到奶奶和大夫的说话声，夹杂着母亲的呻吟声。窗帘和门帘紧紧地包裹着房间的门窗，就连无孔不入的阳光，都无隙可乘。只有一种严肃而紧张的气氛，随着父亲的不断出来、进去，再进去，再出来，不断地溜出了门外。

这次出来，父亲就没有再进屋，一直踱步徘徊在院子里。我也随着父亲的脚步，像拉长的影子一样，在父亲的屁股后面晃来晃去。

屋子里，爷爷正背靠着窗台，一只手撑在后脑勺儿上，半躺半坐地等着消息。挤不进隔壁房间的阳光，此刻，尽数洒在了奶奶那屋的窗台上，像一盆水，泼开一滩。

不知过了多久，突然，只听一阵响亮的啼哭声，颤抖着传出窗外，紧接着，听到奶奶惊喜的叫声："呀，小子！"

只见一直眉头紧锁的父亲，瞬间满脸开花，笑得比阳光还灿烂。立刻转身走进爷爷那屋："生了，小子！"两只手不自觉地合起掌搓着。

爷爷也像中了头彩般地坐直了身子："好好好，生了就好，小子好，小子好哇！哈哈哈……"

顿时，这屋、那屋，一片喧嚷，笑声成堆，喜悦连城，伴着那尖细的哭声，交织成曲，将那铺成一片的阳光，震碎了一地……

我在似懂非懂的懵懂中，走进了母亲的房间。被捂得严严实实的房间，有点昏暗。房间里一股热气中，似有几分血腥的味道。我看到一个处置盘上，放着血糊糊的一坨东西，戴着沾满血的手套的大夫，把那盘子放到了一边。

沉沉欲睡的母亲，就像那刚出生的婴孩一样，紧紧地裹在被子里，头上还戴着一顶厚厚的帽子。身边的小被窝里，眯缝着小眼睛的宝宝，像只小猴子一样，皱皱巴巴，有点红，有点黑，看上去并不那么好看，却有几分可爱。坐在一边的奶奶，满脸流露出拦不住的爱意，一眼不离地盯着她的宝贝孙子。

虽说，爷爷奶奶也算跨越旧社会走上新社会的人，但重男轻女的封建思想，多少还是有的。毕竟，人丁兴旺是好事，多个"带把儿的"，也算家里多个"顶门"的。再加上奶奶之前为我考虑的，生个小子，那是再好不过。如今，也算是称心如意，怎能不乐开了花？

其实，乐开花的，又岂止奶奶、爷爷？还有父亲，终于有儿子了。从此，他也是儿女双全的人了。而我，也就此陷入无知纯真的欢喜中，因为从此，我不再孤单一人，我有弟弟了。

爱我还是他

时光推移，流光如影。岁月的马蹄健硕而均匀地踏过春秋，走过冬夏。爷爷奶奶脸上的皱纹，就像那长在荒野的青草，一茬又一茬地蔓延，细细碎碎，由浅及深，见证着生命经历的风霜雨雪，也刻画着生活所有的酸甜苦辣。

不过还好，自从父亲再婚生子，三姑嫁得夫家，爷爷奶奶生命中的大事，也算是办完了。现在，每每看着眼前的小孙子，知足的笑容总是挂满了脸颊。

闲来无事的时候，奶奶也会给我说："挺好的了，你妈生了个小子，称心如意的。奶奶之前还担心呢，万一你妈再生了个闺女，你看看你咋办？人家有了自己的，肯定就不稀罕你了。现在这样正好，男孩子、女孩子一样一个，你爸你妈都稀罕，等哪一天，奶奶老得不行了，也能放心了。"

也许，那些年，奶奶最放心不下的就是我，总是担心母亲对我不够好，或者是，有她在，看起来好着，万一她不在了，就不那么好了。时间是最好的见证，事实证明，奶奶的担心是多余的。我和母亲也许是前世注定的缘分，今生续缘，一切都是那么恰到好处。

只是，当时我的心里，有着自己的小心思。我根本顾不上过多地考虑奶奶和我说的这番话，我更担心的，是爷爷奶奶会因为有了孙子就顾不上疼爱我了。我是那么害怕自己成为这个家里多余的人，害怕成为累赘或负担。我心里一直想着我要快点长大，我渴望长大，这样，我就不需要拖着谁累着谁，也不需要依靠谁，能自己独立生活。长大了，就不用担心谁会不会突然不要我、不管我，不用担心我会不会有一天流落到街头无家可归，更不用担心自己会冻死饿死喂了野狗。

许是，自己想得太多，年幼的心尚且经不起内心的波涛汹涌。一日，我终于忍不住了，我走进母亲那间房子，见弟弟在一边玩耍，母亲则拿着扫帚扫地。我想了很久，犹豫了很久，但还是决定给自己一份明确的答案。

我用弱弱的声音问母亲："妈，你……你爱我还是爱我弟弟？你们……你们会不会因为有了我弟弟，就不稀罕我了？"

问出这句话的时候，我感觉自己特别委屈，哽咽的声音强压着马上就要流出的眼泪，只为静静地等待一个未知的却又觉得无比重要的答案。

低头扫地的母亲，听到我说的话后，哈哈一笑，对我说："傻孩子，手心手背都是肉，你和弟弟都是父亲母亲的好孩子，父亲母亲和你爷爷奶奶，都爱、也都稀罕你们两个人。哪能因为有了你弟弟就不爱你了呢？你尽是瞎想。只不过你弟还小，你大了，相比较起来，照顾他更多些，和爱不爱没有关系。你也是妈的孩子，我怎么能不爱呢？更别说你爷爷奶奶了，从小把你一把屎一把尿地拉扯大。我和你爷爷、奶奶、爸爸认为，你是女孩子，关键时刻，还是要先护着你的。"

我终于忍不住满心的委屈，"呜呜"地哭出声来。那一刻，我很难过，我的内心充斥着的，不仅仅是问出那些话的卑微，还有一些说不上来的感觉。我哭，是因为我得到了我想要的答案，我才允许自己哭出来，否则，也许，我不会哭。

我常常在心里问自己，母亲那么爱弟弟，也那么爱我，为什么我的亲生母亲却不爱我？我不能理解，我想不明白。我恨之入骨，我为身上流淌着她的血液而感到愤怒和耻辱。我宁愿她从来没有生过我，我希望我是爷爷奶奶、父亲母亲任何一个人生的，就不要是她生的。

那些年，总会有一些比较无聊的人会问我，你是谁生的？我都会不假思索又面无表情地告诉他们，我是父亲生的。他们就会发出一阵阵的笑声，说我爸啥时候都能生孩子了。我就说，那就是我奶奶生的。

印象中，我就是在这样一种不知道该说是谁生的心情下，尴尬地成长着，就像墙角下那棵努力从石缝中探出头来的小草一样，卑微倔强而又不屑低头地生长着。

我上学了

七岁那年的 9 月 1 日，奶奶给我穿了一套三姑买回来的新衣服，爷爷从他的抽屉里拿了几百块钱，揣进衣兜，拉起我的小手，向村北头那所本村唯一的一所小学走去。

我要上学了。

第一次走进校园，一排漂亮整齐的砖瓦房，窗明几净地矗立在蓝天白云下。鲜红的国旗迎风飘扬，国旗后面，一个用青砖水泥砌成的大花池，里面开满了各色鲜艳的花。有小雏菊、喇叭花、芍药花、八瓣梅、串串红、鸡冠花等等，红的像火，白的像雪，粉的像霞。一股风吹来，花香扑鼻。几只辛勤的小蜜蜂"嗡嗡嗡"地闹着，彩色的花蝴蝶翩翩起舞地追着、赶着，好不热闹。

快到办公室的时候，校长推开门笑呵呵地迎了出来。这个村子里，除了爷爷以外，只有他，还有我的语文老师领工资，我的语文老师和校长的年龄差不多，女的。全村几百人，只有他们三个老人是"吃皇粮"的，这也是最体面的事情。

印象中，村里人对爷爷奶奶总是高看一眼，无论何时，对爷爷奶奶都是十分敬重客气的。那时候，爷爷和父亲都负责村里的借贷款工作，其实大伯也有这项权利，那时候的大伯已经在父亲的上级单位工作了。只不过单位所在地的旗县，距离爷爷奶奶家稍微远了些。所以对于村子里的事情，大伯一般也就很少出面，也帮不了村里人的忙了。

那几年的人们，只要家中经济上有困难，就会踏入爷爷家的大门，请爷爷以予帮助。爷爷特别讲究好借好还、再借不难的原则，无论何时，一个人起码的信誉都是品质的招牌。好借好还，必然来日方长，你借了逾期不还，失了信誉不说，还会连累放款人扣工资受处罚。所以那些老贷户，爷爷每年都会给他们留着份额；那些不老实的贷户，头一年的还不还，再开口，恐怕就不太好使了。恩威并施下，这样，基本上到了年底，爷爷手里的账务，都能结清。

最值得爷爷骄傲的事情，就是单位里对爷爷的嘉奖表扬，爷爷的事迹还曾发表于内蒙古区级的相关刊物上，爷爷经常会拿出那本厚厚的刊物，翻开那一页，用手指着对我说，看，爷爷的名字在这儿。

我虽不太懂，但也满心崇拜。我为爷爷感到骄傲，为有这样体面的家庭而感到自豪。虽然爸爸妈妈是重组的家庭，但过往的那些不愉快的纷争议论，早已被岁月的风刮成了碎片，灰飞烟灭了。在学校的时候，只要一说起我是谁的闺女谁的孙女，年幼无知的小朋友都会拉长了声调说："噢，原来是他们家的娃呀？他们家可有钱了，我爸前两天还找她爷爷借了学费才给我报的名呢。""就是就是，他爸和他妈每天骑个摩托车上班，可神气了！""我妈给我说，他们家都是文化人，可厉害呢！"

其实我们家也是普通家庭，并没有小朋友口中说的那么夸张，只不过少了几分面朝黄土背朝天的艰辛罢了。

正说着，一个同学气喘吁吁地跑过来对我说："燕茹，燕茹，我看见你父亲了，跟你妈骑着摩托车，刚从校门口走过去，估计是上班去了。"

每每如此，我总是一副大家闺秀般的优雅，端庄地笑着，感受着那种像公主一样的优越感。那个时候不懂事，和那些同样不懂事又充满羡慕的小朋友是一样的，还以为父亲和爷爷办理给大家的贷款，那些钱，都是我们自己家的呢。

反正同学们对我比对别人多几分尊重，从来不会像和别的小朋友说话时那样，动不动就能带出一句脏话来。

由于在我还没有上学之前，母亲在家就没少教我读书认字，所以我上学后，学习成绩格外地好。每次几乎都能考满分。每天放学，村里的小朋友都成伙结伴一起去玩儿，我却一进门就开始做作业，自觉得很，从不需要谁来督促。不写完作业，甚至能不吃饭、不看电视。一个学期下来，这个奖状、那个奖品，各种奖励的小本本，得了好多。班主任是语文老师，就是那个和校长差不多年纪的女老师，也经常夸我：谁谁家出来的娃娃就是不一样，又懂事又有礼貌，学习又好。第二学期的时候，班主任还特意去奶奶家串了个门，跟奶奶面对面盘坐在炕沿上，亲热地唠了好一会儿，言语间，满是对我的称赞。

那天，我乖极了，饿了，就自己扒拉半碗剩饭，泡着开水吃饱。吃完以后，还不忘把碗筷都洗干净，然后跪爬上灶台，够到挂在架子上的擦碗布，把洗好的碗筷擦干净，把擦碗布又挂上去，跳下来，然后分别把碗筷放进筷桶和碗柜。

这一系列的动作，都被正和奶奶聊天的班主任看在眼里，又是一番赞叹，说我人小鬼大，有规矩得很。说奶奶教育有方，虽然缺下了那个人，但丝毫也没影响到我的正常成长，依旧有礼有律，家教甚严……

我不记得那天的班主任老师是何时走的，我只记得奶奶欣慰地摩挲着我留着像男孩儿一样短发的脑瓜，说我真是个长脸的好娃娃。奶奶还说，就是要他们看看，我们不比那些全老子全娘的娃娃差。

我能够清晰地听得出奶奶那引以为傲的语气，让我的内心觉得无比爽快，也感受到了莫名的鼓励。我便在心里暗暗地下定决心，不能比别人差，我一定不能比别人差！

季节更替，时光流转，我满载岁月的厚赐，渐自茁壮地成长。夏天，三姑从市里给我买回来的儿童套装，穿在我的身上，就像校园花池里绽放的一朵芍药花，格外亮眼。外加套装里的一顶小礼帽，走在农村的校园里，比起很多穿着朴素陈旧，甚至满是土里土气味道的孩子们，我实在是洋气得很。

或者，母亲给我扯了最时兴的料子，量身定做了红底白花的套装小裙子，是最新款的那种。那料子，我不知道叫什么，垂垂的，穿在身上凉凉的，就连下课后的老师，都会看着我转一圈，问问我的衣服是哪儿买的。

其实，母亲对我视如己出，奶奶待我尤胜其他孙辈，三姑对我情同母女，就连大伯、大姑、二姑，他们其实都对我厚爱有加。随着生活条件越来越好，家里所有人都觉得我终究是有所缺失，自小没了那个妈。但不要紧，大家都很爱我，为的就是给我一种弥补。

跳级

冬日的太阳，仿佛是一只偷懒的小猫，多了几分迟缓和慵散的不情愿，总是很早就西沉，很晚才苏醒。每天都要上学的我，很早就得起床。六点，天空还是一片墨蓝，一弯弦月冰冷地悬挂在天际，几颗星星忽明忽暗地打着瞌睡，我就窸窸窣窣地开始穿衣了。

奶奶将垂落在隔扇窗台的灯线一拽，灯亮了，晃得人一下子睁不开眼睛。爷爷从被窝里坐起身来，秋衣秋裤、毛衣毛裤，里三层外三层地开始往身上套。爷爷人瘦，向来畏寒，每年总是很早就厚衣加身。

奶奶还钻在被窝里，背着灯光侧身躺着，看着我穿衣服。叮嘱我，背心要掖进裤子里，袜子要把裤腿口束好。奶奶可以稍微晚一点起来，早上的餐点，奶奶每天晚上都会提前放在外屋的餐桌上。

穿好衣服的爷爷，推开门，惊得夜色一阵颤抖。他咳嗽两声，像是在安抚受惊的夜色。然后倒灰、端炭，把还在睡梦中的火炉一阵搅动，火炉便伸伸懒腰，抖擞起了精神。爷爷拿起炉盘上的烧水壶，去自来水边上的水瓮里舀了一壶水，揭开炉盖放了上去。不一会儿，壶里的水就沸腾起来，发出口哨般的响声。爷爷提过来，给我冲上一碗奶茶粉，或者豆奶粉，对我说："热乎乎地喝上一口，把那点心抓紧吃了。"

爷爷家从不缺好吃的面包、蛋糕，还有各种奶粉。在村子里上学的那几年，家里的好吃的几乎都被我当早点吃掉了。爷爷奶奶总说，去上学一定要吃踏实了，不然上课的时候注意力不集中，影响听课。

吃饱喝足后，我就背起沉甸甸的书包，踏着天际泛出的白光，去学校了。

上学那会儿，感觉最受罪的，也就是冬天了。总觉得冬天太冷，坐在农村那走风漏气的平房教室里，经常手被冻僵得握不住笔。课间十分钟，都会争着坐到炉火旁烤烤手。有时候，学校让学生拿烧柴，我家没有，爷爷就去隔壁大伯家抓几根葵花秆儿，断成一截一截的，拾掇成整整齐齐的一小捆，拴个小绳儿给我拎上。于是，那一小捆葵花秆儿，就像拴在牛腿上的脚绊子，一走一打腿。

漫长的冬天，总是在一阵又一阵的雪花中融化了。春暖花开的季节，终究是欣欣向荣、温暖明亮的。

那年开学，我上一年级。

刚开学的校园，多了几分混乱。新入学的孩子东奔西跑，刚刚升学的孩子，倒换着教室。擦玻璃的、扫院子的，一片嘈杂。办公室门口，几盆苟延残喘的花，正东倒西歪地开着，抓着夏季的尾巴，沐浴着残留的温暖，开得吃力，开得颓丧。

抱了一摞假期作业的我，跨过凌乱的花盆，推开门口摆满了书本的办公室门，在班主任的办公桌前，把作业本放下。另外一位男老师，是父亲的同学，关切地问道："燕茹的假期作业都做完了没？"

"早就做完了。"

我得意地回答，然后轻快地走出办公室。门一合上，我就准备跑，只听"哗啦"一声，我低头一看，新穿的鞋子上盖了一堆土，一个花盆在我的脚下"壮烈牺牲"了。本就奄奄一息的花儿，此刻，看上去呈现出生命垂危的样子，周边散落着黑褐色的泥土。

我想，这下糟了，怎么办呢？我四下张望，并没有人看到。跑吧，先跑了再说。我抽出埋在泥土下的一只脚，就地跺了两下，拔腿就跑回了教室。

接下来的那一节课，老师讲了什么，我根本没听进去。坐在座位上的我，如坐针毡，忐忑不安。发烫的脸颊，恨不能冒出心虚的火焰，就好像自己做了一件多么见不得人的事情一样，焦灼难耐。好不容易挨到放学，我一路小跑奔回家去。

学校里发生的事情，我没有和爷爷奶奶说。我只是一个人边写作业，边暗自考虑，这件事情到底该怎么办？看着本子上写下的字，突然，就有了好主意，写封信？

对，就写封信吧。这样，既可以承认错误，又不用当面相对。当时，一年级才开学没两天的我，虽没学过写信，但也知道开头要尊称，另起一行再说事儿。当时有好多字都不会写，我都用拼音代替了。写好以后，我把那一页纸撕下，叠好，准备明天趁老师不注意，从办公室门缝塞进去。

第二天一大早，因为新开学，学校就组织开校会。在校会上，校长居然提到了花盆被打碎的事情。还说，希望打碎花盆的学生尽快来承认错误，做个有担当、知错能改的好孩子。站在队伍里的我，手里紧紧地攥着那封信，恨不能把头埋进裤裆，生怕一抬头就看到校长的眼睛。散会后，趁着混乱的人群，我跑到办公室的门口，把那封信放在了门口的一张桌子上，然后敲了一下桌子，转身以闪电般的速度撤离。

本以为，这件事就此告一段落，我也心中无"鬼"地松一口气。却不想，几天以后，我却得到了一份意外的又有点惊吓的惊喜。

据说，校长在看到那封又是汉字又是拼音的认错信以后，对我的行为，或者说上升到一个孩子的品质，以及表达方式，都甚为满意，赞不绝口。第二天，他老人家专门跑了一趟教育局，不仅给相关领导看了我的信，还带了我的成绩表过去，极力推荐这样的学生，完全可以直接升学二年级，没必要再上一年级了。教育局根据校长反映的情况，也是一口就应允了。

几天后，我突然就接到校长的通知，说我可以收拾东西去二年级教室去上课了。我一头雾水地随着老师收拾了桌子上的书本和书包，在同学们一阵躁动的赞叹声中，睁大茫然的眼睛，踩着十分不解的脚步，坐进了二年级的教室。

从那以后，我在学习上更加用功了。在学校，我是唯一跳级的特例，乃至在整个村子里，都成了有名的好学生。一说起来，就是谁谁家的孙女、闺女，可是像了他们家的人了，学习好着咧，你看着吧，那将来准又是个好苗子……

这样的话，人们言传了好一阵子，就像一阵花香，整整弥漫了一季之后，才渐渐地淡去。

第一次相见

八年来，我都不曾对那个给予了我生命的人，有太多的印象。除了大概在两岁左右，看到她走进奶奶的院子，我惊慌失措地大哭以外，关于她，便再无印象。有时候，莫名的仇恨也会淹没我的内心，但终究，淡漠，才是最大的疏离。无论我的大脑如何努力地回想，都无法拼凑出她的模样。也罢，我不稀罕。我宁愿我的生命中，从来不曾有过她。

那是一个初春的午后，活动课上，我正在班级门口和几个女生玩跳皮筋。明媚的阳光，金子般洒在我们每个人的身上。就在大家正玩得起兴的时候，站在一旁的我，突然就有一种奇怪的感觉。当时那种感觉，我到现在都清晰地记得，真是无法言明。不得不说，我与她，终究也是有着血缘关系的，那种心灵的感应，或者说，是一种磁场的呼应，让我觉得还是有几分神奇的。

我感觉有一个人，穿过孩子们玩耍打闹的身影，正冲我走来，越来越近。于是，绽放在我脸上的笑容，瞬间就像被冰冻了一样，僵在了脸上。我忍不住转身，果然，看到一个穿着时尚、散着长发、戴着墨镜的摩登女郎，径直向我走来。

我有点愣怔。还没等我反应过来，就听那个已经站在我身边的时尚女人，有点嗲声嗲气地说："呀，你就是燕茹啊？都长这么大了。你认识我吗？我是你妈呀。"

我猛然抬起头，看到两片黑漆漆的墨镜下，一张红得像刚喝过鲜血的嘴，露着整齐洁白的牙齿，正以端详的姿态，冲着我笑。那雪一样洁白的牙齿，在阳光下白得刺眼，直刺到我的心窝里去。来不及反应，我的大脑便以闪电般的速度告诉我两个字：是她！

瞬间，我有一种被雷电击中的错觉，慌忙躲开一只正要落在我肩膀上的、指甲红得像刚刚撕裂了一颗鲜红跳动的心脏一样的手，便"哇"的一声哭着跑开了。

我恨不得以飞的速度，疯一样地跑在回家的路上，脑子里清晰地浮现出两岁左右时看到那个身影时的恐惧。我不知道自己为什么会那么害怕她，那么恐惧她。我一路狂奔，一路鬼哭狼嚎般地大哭，身后溅起飞扬的尘土，就像一条长长的尾巴，紧紧地跟着我。后面，四个女同学担心我有事，也一路奔跑着、追随着。街道两边的阴凉地上，坐着村子里乘凉打扑克的人们，有的嗑着瓜子，有的抱着孩子，还有的，正聊着一些不荤不素的段子，笑得前仰后翻。

我像是一个不仅被狼咬了，而且还被狼撵着的神经病人，飞一般向前奔跑，蓬乱的头发在一堆黄尘中一起一伏，惊恐的眼泪甩了沿途一路。好多人都一副惊愕的表情，站起身来，我听到有人喊我："咋了嘛哭成这样？"

我头也不回，只顾死命往回跑，直跑到坐在大门口石头上的奶奶怀里，喘着的粗气，让我的嗓子眼儿泛起一阵血腥的味道。爷爷、奶奶，连同坐在一起的隔壁东院大妈，都一脸的惊慌，问我出啥事儿了。我双手紧紧地环在奶奶的腰间，只顾上气不接下气地哭着，却是一句话也说不出来。那一刻，我觉得我已经不会说话了，我张了张嘴巴，却只是发出哭声，发不出想要说出的话语声。

直到追在身后的四个女同学赶上来，才和爷爷奶奶交代了事情的来龙去脉。奶奶紧紧地搂着我，生气地骂着："那个挨千刀的，没事儿撩拨孩子干吗？当初绝情绝义，门还不让进呢，现在知道你是妈了？简直不叫个东西！"

气愤的奶奶，一边用手不停地摩挲着我的后背安抚着我，一边唾沫星子像钉子一样落下来，恨不能个个都钉到那个惊吓到我的女人身上。

好一会儿，我抬起埋进奶奶怀里的头，才小声地说出一句话："我不想上学了，我不想看见她，我不想再去了！"

爷爷和一边的大妈都说："哪能不上学呢？她又不每天在。再说了，别怕她，不理她就行了，你怕啥呢……"

奶奶心疼地抹去我额前被满头大汗打湿的头发，拉起我的一只手说："不怕她，她还能吃人呀？奶奶送你去学校，她再敢骚扰你，你看奶奶不骂死她！"

隔壁东院大妈说："四婶儿，要我说，你快别去了，真碰面了，弄个不好，大街上那么多人呢，没必要。让茹跟着她们这几个小同学回去就行了。"

大妈转身就对我说："别哭了，不用怕她，大妈站在大街上看着你，她不敢再骚扰你了。没意思，总是骚扰你干啥？你赶紧上学去吧。"

"真不是个东西！你回来就回来你的，跑到学校干吗去呢？"爷爷也忍不住愤愤地责怪起来。

正说着，学校里的一个老师，就像是光束下的一团缩影，渐自清晰地走了过来。看见我哭花的脸和被汗水打湿的凌乱的头发，满脸歉意地对爷爷奶奶说："叔、婶儿，实在不好意思，今天这事儿呀，怪我。她回来了，去找我，我也就没多想。问起孩子在哪个班，我就给她说了一嘴。

谁知道她会去找孩子。我也是等班上的孩子们去找我，才知道燕茹哭着跑回家了，就赶紧过来看看。这样，我把她领回学校吧，还有一节课没上呢，书包还在学校呢。"

奶奶缓和了语气，有点责怪地说："就说嘛，好端端的她去找孩子干啥，认识她是谁？把娃娃吓的。说也奇怪，不知道咋回事，这孩子从小一见了她，就像见了鬼一样，分外怕得厉害。正说送她去学校呢，那老师来了，就把她领回去吧。你警告一下那个女人，这么多年，我们早就灯杆旗杆，两无相干，她再要是敢撩拨孩子，说长道短，小心我撕了她的嘴！你告诉给她。"奶奶又略显激动地说。

老师接过我的手，笑着说："放心吧放心吧，这件事我来处理，放学我负责送她出校门，没有人再让她自己回来。"

时至今日，我都说不清楚，当时我为什么会那么怕她？那种感觉，似乎也不纯粹是一个孩子对陌生人的害怕，而是一种奇怪又深刻、强烈又无名的惊惧，我就是无法克制。

那日放学后，我背着书包轻手轻脚地趴在学校大门的一侧，探出头悄悄瞄了一眼，她还在，站在大门的一侧，一头长长的头发散落下来，听说，她在哭。

我丝毫不领情她的眼泪，跑过去找老师送我出去。那件事情以后，我对她更加排斥了。走在路上，只要想起她，我就会不自觉地握紧拳头，一个人在嘴里骂骂咧咧。恨她，更深了一层。

几天后的中午，我没有睡懒觉，趁着爷爷奶奶熟睡，我跳下炕，把鞋拎在手里，光着脚蹑手蹑脚地跑了出来。儿时的很多时候，我都喜欢独处，我的心里有着想不完的事情，我需要一个人清静自由地待一会儿。

午间炽热的太阳烘烤着大地，大街上空无一人。脚下，飞扬的尘土，像那日的我一样，受到了惊吓，一阵躁动。猛然间，一个花白头发的女人出现在我身边，大中午的，又把我吓了一跳。

只见她眯缝着像一条线一样的眼睛，脸上的皱纹，就像纳在布鞋垫上的针脚，皱巴着一堆。一种让人看了就觉得不怎么正经的笑容，正不怀好意地看着我，阴阳怪气地对我说："哎哟，这不是我那大外孙女吗？咋，连你外婆都不认识了？前几天你妈去看你，还把你哭得像狼咬住后截儿一样，咋啦，吃你啊？好好看看，我可是你外婆！"

我被这莫名其妙的人，说的这莫名其妙的话给惊呆了。我愣怔了半天，听她说完那番屁话，也不知道哪儿来的勇气，冲着她破口大骂。我敢说，那一次，我耗光瞬间启动的脑细胞，绞尽了脑汁，骂出了有生以来最泼辣难听的话。对于她们这一系列的骚扰，我真是觉得够了。这些年若不是爷爷奶奶收留了我，不辞辛劳地抚养了我，我恐怕早就成了脚下的一把黄土。在我生命最需要的时候，你们一个个冷漠无情，现在看我长大了，妈也来了，外婆也出现了。去他妈的外婆！你们一个个不要脸的东西，看我害怕，还更有兴致骚扰了，好玩儿是不？

我的内心充斥着极致的厌恶与憎恨，恨不能扑上去撕碎了眼前这个看着就让人觉得反胃的老女人。奇怪的是，她看我撒泼般地骂她，居然笑得更欢了，那笑声，飘荡在荒寂无人的街头，令我起了一身鸡皮疙瘩。她以一副无赖的表情，上下端详着我说："呦呦喂，看看我这外孙女儿多厉害，到底是不一样，哈哈哈……"

我用疑惑的眼神看着她笑得花枝乱颤，就连空气都一阵凌乱，便没好气地转身跑回了院子。

打那以后，我便时刻在心中记得，村西头，就是站在爷爷家大门口，就能望得到的那家，有鬼。

也就是从那以后，我再也没有见过她，也很少听到关于她的任何消息。我的人生，对她，从此屏蔽。

童趣

　　小时候，我一直是和男孩子在一起玩儿长大的，主要就是和隔壁东院大伯家的孙子一起玩。那几年，他们唯一的儿子和他们同住一个院子，一墙之隔。我和他家孙子从穿着开裆裤的时候就在一起玩耍。他家孙子其实比我还大一岁，但辈分没我大，管我叫姑姑。

　　那些年，我和侄儿都是淘气的半大娃子，和尿泥、过家家、抓猪、摸狗、偷鸡蛋，跟着调皮的侄儿，淘气事儿都让我俩做尽了。夏天的时候，放暑假，他就去地里挖核桃虫，就是那种长在湿土地里、白白胖胖的、总是弯曲蜷缩着身体的虫子。他还喜欢用水灌蝲蝲蛄，然后把核桃虫、蝲蝲蛄这些东西拴在一个夹子上，放在荒野引诱一些鸟儿来觅食，只要鸟儿一啄那诱饵，就会被有着网的架子给罩住。常常，我只是陪衬，凑热闹的，虫子不敢抓，夹子不会支，最多也就是逮住鸟儿的时候，摸一摸，有时候不认识是乖鸟还是凶狠的鸟儿，还会被凶狠的鸟儿狠狠地啄一口，疼得直叫唤，侄儿就在一旁哈哈地笑我笨。

　　我们也会掏麻雀窝。农村的房子，椽檩缝里最不缺的就是麻雀窝。

我们通过小麻雀"叽叽喳喳"的叫声，就判定了哪几个麻雀窝过几天就可以掏小麻雀玩儿了。到时候，我们搬着大凳子，我扶着凳子，侄儿踩上去，一只手伸进窝里，一掏好几只。拿出来玩儿一玩儿，心情好的话，玩儿差不多了再给放回去，怕饿死。心情不好就难说了，在侄儿手里，各种酷刑也是无所不用其极的。那时候小，不懂事，就觉得侄儿的心比较狠，现在想想，其实确实是够残忍的了。

夏天的时候，农村广阔，甲壳虫飞得比较多。落在院子里，就被侄儿捕获了。我们玩得最多的，就是屎壳郎，农村土话管它叫"粪巴牛"。个头大，有大拇指指甲盖儿那么大，又有力气。侄儿经常把捕获的粪巴牛拴上线儿，然后拉两个穿在一起的火柴盒，火柴盒里再放一只粪巴牛，看它奋力地拖着走。

粪巴牛经常会装死，不一定什么时候，粪巴牛突然就会收回所有的肢体，不动了。像一颗纽扣，黑黑的，光溜溜的外壳，随你摆布，就是装死不动弹。

侄儿家种着很多地，所以父母经常在地里忙，顾不上他。他就来找我玩。他家院子里，鸡鸭猪狗牛羊猫，养着很多家禽牲畜。无聊的时候，侄儿就把他家的鸡笼搬出来，我俩一人钻一个，窝在里面像只转不过身的猪，两个人"咯咯"地笑着，笑得口水都落到了地上。后来，觉得钻进笼子太憋屈，侄儿灵机一动，卖鸡玩儿吧。

只见侄儿跑到鸡窝里，一阵鸡飞狗跳，鸡毛乱飞，便抓了两只芦花鸡过来，塞进一只笼子。又跑去偏房把自行车推过来，让我扶住。他吭哧瘪肚地把那有着小钩子的鸡笼挂在自行车的后座上，我俩就推着自行车出门了，跌跌撞撞地来到大街上，扯开了嗓子就喊："卖鸡喽，贱卖芦花鸡啦！五块钱一只，卖鸡卖鸡啦，快来买呀……"

窝在鸡笼里的两只芦花鸡，被自行车弯弯扭扭的路线和颠簸不平的地面震动着，晃得"叽叽咕咕"一阵乱叫，刚想站起来，鸡笼一抖，又卧了下去。我俩一替一声地喊着，推着车子走街串巷。一家屋子的窗户上，爬上来一个人影，大声喊着："卖鸡的，来这边儿来，咋卖呢？"我们一看，是本家小奶奶，有一种"阴谋得逞"的乐趣，嘻嘻哈哈地回应着说："五块钱一只大肉鸡，要不要？"

小奶奶一看，是我们这俩熊孩子，隔着窗户说："这俩灰猴儿，我就说啥鸡这么便宜。"影子便消失在窗口。

我和侄儿，则像喝了慈禧太后的洗脚水一样，笑得前仰后合，推着的自行车，歪歪斜斜地在地上碾下一条长线，仿佛也为淘气的我们笑弯了腰。

卖鸡卖了一圈，玩儿够了，就又回到家里，把鸡放出来，让鸡自由活动，该吃吃，该喝喝，我们又开始物色新的玩耍项目了。

他们家院子里有一处牛圈，结实的橡檩下是一个左右通头的牛槽，放草料用的。从小干惯了农活儿的侄儿，特别会打结。他一副认真的模样，考察了地形以后，就从粮房里找来了盘成一坨的几十米长的绳子，爬上牛槽，就左一搭、右一绕地拴了个秋千出来。我这下激动了，我俩一人一个环坐上去，把脚踩在牛槽边上，坐稳以后，双脚一蹬，就悬在房梁上荡起来了。绳子在房梁上发出"咯吱咯吱"的摩擦声，我和侄儿两个人越荡越高，就差直接飞起来了。屋檐下，顿时响起浪潮般的大笑声，那笑声中，满是童真的欢乐与纯粹。

突然，"扑通"一声，和我飞得一样高的侄儿就像只蛤蟆一样趴在了地上。随着"嗷"一嗓子扯起的哭声，他便满嘴是血地爬起来了。吓得还在秋千上的我，死命地扑腾着双脚，站立在牛槽上，赶紧跳下来扶他。

鲜红的血就像决堤的洪流一样，从下巴壳往外涌。侄儿抬起土哄哄的袖口一抹，袖口上一片血污。我立刻就拉着她去找奶奶，奶奶家经常备有三姑从医院买回来的药品和纱布。

在一阵呜里哇啦的号啕声中，奶奶给侄儿上了白色粉末的药，又贴上了厚厚的一层白纱布，叮嘱我俩，再不要悬在房梁上玩儿了。我们也就老实多了。再玩儿，就是挖野菜、垒砖块儿、生火煮饭过家家了。

儿时的岁月，总是那么质朴而纯澈，淘气，却也充满趣味。那些憨豆般的爽朗笑声，层层叠叠，不知不觉，就叠加了岁月，增长了年龄。

后来，随着年龄逐渐增大，那些太过淘气的玩法也就渐渐玩得少了。其实，人这一辈子，就是不同阶段的组成，每一个阶段都有其无法替代的心性和特点。你无须刻意，顺应就好。不论好坏，有些事情，有些乐趣，过了那个阶段，就永远不会再来。新的阶段，又会有新的想法和志趣。就像那飞在夏天的蚊子，到了冬天，你让它出来咬你一口，它都不屑了。

我还记得，爷爷也曾给我抓过麻雀。冬天的早晨，爷爷去东粮房拿了一个大的编织袋，站在粮房比较窄小的隔扇过道口上，把编织袋举过头顶，用双手撑开，再使劲儿一跺脚，那些窝藏在屋顶椽缝里歇息的麻雀，就会哄堂而飞，其中，不免就有那么一两只不长眼的，恰好就飞进了爷爷支起来的袋子里。爷爷一把把口子合上，伸进去一只手，就给我抓出一只来。找上一根线，拴上，再在线的另一头给我拴根小棍子，这样不容易捌脱手放跑了不老实的麻雀。

每次爷爷给我抓麻雀的时候，我都好开心，围着爷爷又蹦又叫，觉得爷爷真是好得不得了。但每次奶奶看到我玩麻雀，就会不大高兴。她总是对我说："女孩子家玩那些干啥？那东西可脏了，赶紧放了去！女孩子玩麻雀，长大了是要腌臭菜的。"

我才不信那个邪，一边抓着麻雀和奶奶保持距离，一边不以为然地说："等我长大了，都什么时候了，谁还会腌菜吃？"

这时候，奶奶就把矛头转向爷爷。在对待爷爷的态度上，奶奶向来多了几分生硬。她一脸嫌弃的表情，扭过去白了爷爷一眼，把手里的抹布往一边一甩，嘀咕道："就你成天闲的，谁人家还拿着袋子提麻雀？一点风水也不讲究！"

爷爷总是一脸淡淡的笑，不理睬奶奶，沏着一大茶缸热茶，吸溜着喝。

后来，爷爷给我捉的麻雀，在我上了趟茅房的工夫，就被奶奶偷偷地给放了。我也不敢再闹，只得乖乖地去把手好好地洗洗干净，以免长大后，真如奶奶所言，去腌臭菜了……

转学

　　时间，从来就是一个只顾向前走的旁观者，它不受七情六欲的羁绊，也不为悲欢离合而驻足。无论你在干什么，它就始终只有一个状态，那就是：向前走。

　　而我们，不过是岁月的拾荒者，丢一路，也捡一路，就这样，也就随着时光的推移，一路奔走着。这世间，没有什么能够一直保持同一种姿态，月有阴晴圆缺，人有悲欢离合。多少踏上征途的人们，转身回望才发现，唯风雨兼程才是路，独聚散离合为人生。

　　就像我，首次和爷爷奶奶分开，终究也是成长的必然。

　　那年，我十一岁，上小学五年级。随着社会的发展、时代的进步，村子里有越来越多的孩子，开始外出求学。昔日的校园，在风吹日晒中，显得苍老而疲惫。几个老师，也是调来调去，上课的学生也在明显减少。鉴于此，父亲便决定给我转学。

　　那是一所位于旗县的蒙古族学校，虽离家远了些，需寄宿，且是那种上十天休四天的大礼拜，但师资力量雄厚，教学质量有保证，封闭式管理，来回校车接送。这样的学校，在那几年里，已经算得上是高级学校了。

尽管学费较高，但我的父亲完全有这个能力供我就读，加上我的学习成绩一直不错，去更好的学校也是一种提高。总是要走出去见见世面的，不可能一辈子都守在爷爷奶奶的身边，活在爷爷奶奶的羽翼之下。

父亲回来和奶奶说这件事情的时候，奶奶一听说我要离家住校，还一住就十天，就落下了不舍的眼泪。坐在炕沿边儿上的奶奶说："要我说，娃娃还小，送那么远干啥？咱村子里不还有那些个学生和几个老师吗，就在村里上多方便，守家在地的，娃娃不受罪。这一个人出去，都不亲不故的，娃娃可怜。"

说着，奶奶就抹了一把眼泪，等着父亲的反应。坐在大红柜边儿凳子上的父亲，放下了跷起来的二郎腿，两只手放在膝盖上，来回地搓着，说："早晚有一天得长大。再说这也是为了她好，将来学好了有出息了，那多好。村里头毕竟不比旗县，我给她找的是个好学校，人家里面那些娃娃们，不也都一样离家在外住校嘛，封闭式管理，平时也出不来，又安全。去了，慢慢习惯几天，也就好了。你和我父亲，也跟不了她一辈子，放出去，慢慢锻炼去吧。"

奶奶有点不乐意地挪了挪身子，用一副好像受了委屈似的哭腔说："不知道你们年轻人咋想的，娃娃从一尺长就跟着我一直到现在，一步也没离开过，你给送去那么远，我和你父亲每天出来进去就两人，闷得可咋活？孩子一旦想我们，怎么办呢？"

一直顺着炕沿躺着的爷爷也说："肯定想呀，从来没有离开过我们，别说她想我们，我们也可想她哦。"

"唉，想几天就好了，终究也守不了一辈子啊。"

说着，父亲就把屁股下面的凳子往炕沿边儿上挪了挪，摸着我睡在被窝里、头发短得像芥菜头一样的脑袋瓜，疼惜地说："闺女也长大了，越来越长大了。父亲送你去好学校念书，长大有出息。以后，在家的时间就少了。"

所有人都以为我睡着了，其实，我一直醒着，只是闭着眼睛假装睡着而已。所有的谈话，我都听到了。除了想想自己有点舍不得离开爷爷奶奶之外，对于新的学习环境，我倒是充满期待。

期待，是因为年少无知的我，尚且不曾体会过何谓想念之苦，亦是未能解读何谓离别之痛。直到父亲把我在学校的一切安顿下来，在暮色渐晚即将转身离开父亲的时候，我才开始了对人生六苦的体验。

那一扇由一根根钢筋焊接的铁栅门，将我和父亲门里门外相隔。我趴在冰凉的栅栏里，看着父亲的背影渐行渐远，直到坐上了路边停下的一辆大巴车，消失不见，我的心瞬间似乎被那走远的大巴车扯下了一层皮。

我突然就觉得后悔了，我不要留下，我不要待在这个陌生的地方！西沉的太阳，发出一阵昏黄的光，让我强烈地想起奶奶的味道、奶奶的怀抱。清冷的风，吹在我挂满泪水的脸上，凉飕飕的。身后广阔的校园，几排杨树沙沙地响着，人们走来走去，却没有一丝关怀和温暖是属于我的。我紧紧地抓着栅栏上的钢筋，死命地想要把脑袋挤出缝隙。只要头能出去，我就可以逃出去。我要回家，哪怕是跑着、爬着，我也要回家。我要找奶奶，我要睡在爷爷奶奶的中间，我不要住在这里！

眼泪像决堤的洪水，汩汩涌出，我张着的嘴巴，被灌进一股股的冷风，脸上是一双脏兮兮的小手抹上去的一道道污痕。我哭得歇斯底里，哭得无助绝望，我什么都不想，只想能回去，那一刻，内心对爷爷奶奶的想念，迫切到让我发疯。

那样的情景，那样的想念，一直延续了好些日子。我在学校哭，奶奶在家里哭。我在学校睡不着觉，枕头被眼泪打湿了一片又一片，奶奶也在家里因为想我而失眠了一夜又一夜。上课的时候，老师在上面讲课，我在下面用书遮住脸落泪。那种钻心蚀骨的想念，让我茶饭不思，寝食难安。每次休大礼拜的时候，跑回家的第一件事情就是扑进奶奶的怀里大哭一场，想啊，想得我恨不得和奶奶粘连成一体。奶奶的眼泪也是抹了一把又一把，不停地怪父亲，纯属没事儿找事儿，想得人不像个人了。每次走的时候，我都会哭好几场，不想离开爷爷奶奶，真的不想，实在不想。但父亲冒着黑烟的摩托车，总要把我拖上公路边儿，扶上校车。

就这样，也不知道过了多久，想家的痛苦，就像一阵阵海浪，拍岸而来，又绝尘而去。加上当时的班主任，也是语文老师，只不过是个男老师，知我想家情甚，在班上对我偏爱有加，就连放学后，同住学校宿舍的他，都会拿两块糕点，亲自送给正窝在被子里抹眼泪的我。当着全宿舍十几个同学，班主任亲自送来了蛋糕，独独给我，不知道招来多少同学的羡慕和嫉妒。那段时间，班主任老师着实给了我不少的温暖，有效地安抚了我过度想家的心情。

打那以后，我渐渐开始用心在学习上了，为的是不辜负对我那么好的老师。因为他是教语文的，所以我在语文上特别用功，作文也写得格外好。常常，我把我想家的心情，以及一些小心思，写成属于自己的秘密日记，然后交给老师。老师不但不敷衍，不嫌麻烦，还都会给我用红笔标上长长的一段批语，那种深入心灵的沟通和交流，让我对写作产生了深深的喜爱与浓厚的兴趣。

也就是从那个时候起，我开始了写日记，开始了对写作方面的一些铺垫。

喜欢，是最好的老师。然而，勾起喜欢的兴趣，更是老师的老师。

青春期

青春期是一部黑白故事片，忧伤和自卑是青春期的烙印，该感谢还是仇恨我的青春期？

它让我曾经一度一改昔日乖乖女的形象，变得判若两人，叛逆、冰冷、淡漠，甚至无情。

现在回想起来，我都不知道自己是该接受，还是该嘲笑我独具特色的青春期。那走过的一路，坑坑洼洼，硝烟四起；跨越那道鸿沟，我跌跌撞撞，歪歪扭扭。那一段成长的岁月，尤为人生的突出点，充满了黑夜的气息，充满了质疑、痛苦，还有诸多的不知所措和太多的愤愤不平，它让我对世界不满，对所有人不满。成长，仿佛是破茧成蝶，是痛苦的，是潮湿的。我并不想赞美它，但它却渡我走向了成熟的彼岸。

时常，我沉浸在对那段历史的回忆中，若隐若现，感受着心底微妙的情绪变化。当岁月涤去青春的铅华，涤尽成长的尘埃，风还是如同昨日一般，吹动着枝上的绿叶，随之摆动的，还有如丝的心绪。

其实，青春就是这样，不听劝，瞎执拗，享过福，吃过苦，挨过骂，碰过壁，折腾着自己，也折腾着别人。直到有一天，折腾累了，才发现自己转了一个大圈儿，却又回到了原地。可是，我从不后悔，也并不埋怨，因为倘若不是转过了这一圈儿，我可能永远都不知道"原地"在哪里，起点又在哪里？

于是，青春期这颗种子，生根发芽后，盛开在我转学旗县学校里的日子里。对于那个阶段的我，我真有点不好意思提及。那实在是一段荒诞、疯狂，甚至有点变态的历程。

仰仗着自己是市重点中学转回来的插班生，我在到处都是苦巴巴的农村孩子的学校里，几乎目空一切。尽管，我也来自农村，但在外面几年，早已不再唯唯诺诺、土里土气。

其实，没有人知道，我也曾受人欺辱，上学之后，也曾有人依旧骂我是没娘的孩子。刚开始，年纪小，又自卑，软弱胆小，别人一骂，就开始哭鼻子。也不知道是从什么时候起，我就变了，变得强悍霸道了，变得我不欺负人是原则，但绝不受人欺负是底线了。没办法，我要保护自己，就必须厉害起来。受人欺负的酸楚，无人能言，我不想再听到有人对我出言不逊，更或者，对我排斥挤对。转学到民族中学以后，我更是清高自傲，从不屑理会那些自己看不上眼的学生。

那个阶段，我不仅言行举止霸气十足，就连学习，也依旧是霸气给力的。除了数学略有些吃力以外，作文依旧是全班最好的，英语那长篇大段的课文，啥时候老师检查背诵，都能一字不差、流畅自如地背下来。转过去不久，就加入了校播音室，每天自编自排着校园播音节目；还通过民主投票，被选为班上的团支部书记；随后又加入了学生会。

那一阶段，开班会的时候，班主任不在，我站上讲台无一字一稿，却能讲话从头讲到尾，只听得讲台下的同学们啧啧称赞；学校每每有什么重要活动、大型检查，我都拿着笔、夹着本，忙着跑前跑后，完成组织安排的任务；每逢周五，例行全校卫生大检查，我便随全校学生会成员一起，一本正经地走进每个年级的每个班，查遍每个角落，只要看到有哪个班级、哪个角落卫生不合格，就一笔记下，这个班上的总成绩就会直接大打折扣。

好事儿有我，坏事儿也落不下。星期天学校施行封闭式管理，不回家的住校生，无特殊事宜不得离校。而我，却偏要逆其道而行之，无视老师的威严，组织了班上二十几个男女同学，去街上最大的旱冰城玩了一天。最后，被一个喜欢在老师面前卖好的同学告了黑状，而且只告了我一人。老师在班上，把坐在第一排的我叫起来，一顿疾言厉色，还说要对我实施重罚措施。于是，我淡然地抬起不屑一顾的头，转身对身后的同学们说："昨天，谁和我一起出去玩了，有种的，都给我往起站！"

我特意把"有种的"这三个字加重了声调。只见后面一阵桌椅板凳挪动的声响，哗啦哗啦地就站起了乌泱泱的一片，气得老师的脸都绿了，在讲台上走过来，又走过去，最后无奈地说："那这一次就算了，警告你们所有人，下不为例！"

看着老师头发冒烟地走出教室，班上一阵哄堂大笑。

那时候的我，犹如魔鬼附体，血性、冷漠，谁都不在乎，什么都不害怕。我的内心深处，始终都有一股强大的气体在膨胀，在爆破，它让我不能自已地狂野、叛逆、不计后果，甚至，不惜身体发肤。我甚至每每想到有关自己的身世，就无比厌恶与憎恨留有那个女人一半血液的身体，我恨不能剔肉换血，将有关她的一切替换一新。

我的内心，就像冰封的雪山，变得不再有一丝柔软。我也不知道这场天寒地冻的坚硬封锁，何时能迎来明媚的阳光。我只知道，它紧紧地将我桎梏在其中，无法自拔。

所幸，这场冰冻三尺的严寒，终究也只是一个阶段。一个本性纯良的人，终究还是会醒转于一场春暖花开。

只待花开有时……

春节

　　印象中，春节向来是一个充满传统氛围的隆重节日。儿时的每一个春节，我都在爷爷奶奶家度过。当然，父亲和大伯他们也都回来一起过。

　　为了筹备一个圆满的春节，爷爷奶奶他们从腊月就开始忙碌起来了，各种年货的置办，肉食的烹煮烧炖，各种洗涮打扫，直到最后，能洗澡了，就证明这个年的前奏就算是差不多了。

　　那时候，农村条件有限。大冬天的，一般也懒得专门去什么澡堂洗澡。那些年，我洗澡都是在家坐在大铁盆里洗。洗澡前，隔扇外火红的炭炉被爷爷调理得呼呼作响，一壶又一壶滚烫的开水被爷爷倒进大铁盆里，再从水瓮里舀上几瓢冷水。爷爷将一只手指伸进大铁盆里搅一搅，不冷不热，正合适。我就让爷爷赶紧回里屋去，然后让炕上的爷爷奶奶都躺着看电视，不准起来。因为爷爷奶奶要是起来的话，就能透过隔扇的玻璃看到脱得精光坐在大盆里洗澡的我了。那时候，我已经知道害羞了，爷爷奶奶那是说什么都不能起来的。

　　好在爷爷奶奶向来迁就我，我让睡下就睡下，我让起来就起来。趁着水还热乎，我就开始坐在盆里享受洗澡的快乐了。一个人，一边观察着自己的身体，这儿看看、那儿瞅瞅，一边拿着澡巾，这儿搓搓、那儿擦擦。看着身上那一条条泥卷儿就像奶奶手里搓小了一号的莜面鱼鱼一样，滑落在铁盆里，又漂浮在水面上，我就越洗越来劲，恨不能满铁盆都是下水的莜面鱼鱼，然后洗完了就逗爷爷，过来喝莜面鱼鱼喽！想着想着，把自己都逗笑了。最后，我打上香皂，给自己身上抹得滑溜溜的，那个时候，我发现我才更像是一条大鲇鱼，在水盆里活蹦乱跳。待我洗好，换上干净衣服出来，那地上，就像下了牛犊一样，洒得到处都是水，当然，水里还有跑出来的莜面鱼鱼。通常，我只负责洗我自己，其他一切后续事务，都是爷爷的。

　　爷爷吃力地端着本就厚重的大铁盆，一盆混浊的漂着大大小小泥卷儿的污水，载着淡淡的皂香，在爷爷猫着腰的步伐下，左摇右晃，恨不能跃过盆沿蹦跶出来。爷爷侧着身，推开家门，随着两声象征性的咳嗽，哗啦一声，泼了半院。沉睡的夜色，打了个激灵，在爷爷将暖融融的屋门关上之后，又继续沉睡了。爷爷扫地、拖地，收拾我用过的东西，最后，才带着一炉黄茸茸的温暖，钻进被窝。

　　大年三十的早上令人迫不及待。因为只要一睁眼，就可以穿过年的新衣服了。不论大人多么忙碌，孩子总是相对闲散的，大不了就跟上贴贴对联、挂挂灯笼。母亲和大妈还有奶奶，就像做席宴般地忙活着各种饭菜，喷香的味道，混着浓浓的年味儿，飘过院子，直飘出了大门外。

　　大伯是一个做事要求完美、极其细致之人。贴个对联，上下左右，容不得一点歪斜；挂个灯笼，也要把多余出来的电线都隐蔽藏起来，以求美观。父亲也是一个特别闲不住的人，虽然工作多年，但自小爱操心，总能找到院子里收拾不完的活儿来忙个不停。爷爷，就更是个勤快人，一辈子精干要强，家里家外，都追求有模有样。像过年这样的重要节日，父子三人搭档起来，那真的是要把院子里那点儿活儿干得一个不落。

午饭前，父亲和大伯是要去祖坟请云的（请云，就是请先人回来供奉。爷爷家一直这样称谓），拿上一沓烧纸、一把香，再带上各类食物，去到坟地，烧香敬纸，将食物供上，先人就算请上了。回来后，写着各位先人姓名的牌位前，就点上了香，摆上了食物，供在了爷爷那屋。此后一直到初五，每天每顿饭都要先给先人夹进供盘，我们才能动筷子。

晚饭过后，就是跑大年串门子的时间了。很多大人小孩儿，三个一伙、五个一群，去他家坐坐，来你家聚聚。人们都围坐在一起，家里院外，灯火通明，裁一块炉火的暖意，裹在身上，嗑着瓜子，吃着糖果，看着春节联欢晚会。那几年，奶奶最是喜欢倪萍，一看到倪萍出来，眼睛都能放光。

隔壁东院那比我大一岁的侄儿，早就站在大门口的灯笼下喊我了。红红的灯笼，散发着红彤彤的光，就像天边的晚霞，热烈又喜庆，把侄儿都照成红孩子了。我着急地穿好外套就往外跑，奶奶点了一支香给我，让我拿上。我感到很奇怪，为什么要拿支点燃的香出去玩儿呢，不小心不是容易烫坏新衣服吗？奶奶告诉我，辟邪。

我似懂非懂，拿了香就跑。后面传来爷爷的声音："早点回来！"我头也不回地应了一声，就跟着侄儿穿行于家家户户大门外那大红灯笼的红光之中。

村子里，我们有九个最要好的朋友，也是同班同学。每年都是我们九个聚在一起，挨家串门。北方的春节，冰冻三尺，尤其是晚上，往往特别冷，在外面待不了多久，就得往家跑。大街上，有淘气的男孩子，看着路过的那些穿着漂亮新衣服的女孩子，就故意点燃一只小炮，朝女孩子的方向一扔，只听到一阵尖叫声，女孩子们吓得四下乱窜。每每遇到这种情况的时候，跟我一起的侄儿就会护着我，然后警告那些调皮的男孩子，敢对着我扔鞭炮，小心会被他收拾。那些淘气的孩子通常也就会立即跑到别处去了。

有的同学家养狗，一进院就是一阵"爱岗敬业"的狂吠，吓得我不敢往前走，都是伲儿拉着我，挡在我的前面，告诉我，别害怕，都拴着呢。小的时候，伲儿一直很护着我，向来知道我和别人家的女孩子不太一样，有点胆小，有点讲究，有那么点大小姐的味道。所以伲儿护着我，一起玩儿的其他同学，也都让着我。就算我突然想要回家，伲儿都会专门送我一趟，然后再出去和大家会合。

别人家大部分都管得没那么严，只有我，家里人多，管的人也多。我跟着大家串门，别人家都去过了，唯独我家，我不敢往回领，他们也不太敢去。大家都知道，我家规矩多，去了不自在。不一定什么时候，偶尔去一下，可能都觉得有点了不得，且只待一小会儿，给吃不好意思吃，给喝也没有人敢喝。那会儿都还小，我家向来讲究，大家都放不开，也就是回去和大人们说起来，我们今天去了谁谁家，感觉有那么几分新鲜。

午夜十二点，点旺火，接神。

届时，家家户户，鞭炮齐鸣，礼花漫天，照得夜空一片昼白与绚烂。忙碌了一天的父亲、大伯、母亲、大妈，也都换上了新衣。爷爷也里里外外穿得板正，奶奶也将她最喜欢的毛呢大衣裹在了身上。本来就略粗的腰围，此刻看上去更是圆滚滚的了。对应她的那双小脚来说，这体格，真是有点底盘不稳。我总是守在奶奶的身边，拉着她，生怕她一个趔趄摔倒了。

大伯和父亲不停地放着大鞭小鞭、礼花烟火，点燃的旺火，摇曳着火红的焰火，伴着飞起的火星，照亮了每一个人的脸颊。我们都伸着双手，在旺火上烤。放完鞭炮的父亲和大伯，也来烤旺火。父亲最是调皮，他把手伸出来，在火苗上左抓一把、右抓一把，最后还要站在原地转上几圈，让身体的前后左右都烤一遍。

旺火烤好了，就该煮饺子了。在春节联欢晚会的那首《难忘今宵》的乐曲中，一个个包好的水饺就像那跳下黄河的鸭子，争前恐后地跳进了沸腾的开水锅。这个时候，所有人是不能大声说话的。凉水不能落地，所有柜子不能再开。所有需要的东西，都是提前摆放出来的。尤其不能说不吉利的话，不说话最好。

大家安安静静地，在远处鞭炮声的时起时伏、若有似无声中，毫不拖沓地把饺子吃完，锅碗瓢盆都是不能洗的，收拾在一起放好即可。然后就各自回屋睡觉。

院子里和大门口，还有房檐下，还都亮着灯，照进关了灯的屋子，红彤彤的，别有一番意境。过年睡觉，不脱衣服，最多盖张被子。这都是传统节日的风俗讲究。直到后来那些年，过年睡觉才像平时一样，只不过，灯火要通明。

经常，别人家接神完毕，大人去睡觉，孩子们还可以出来继续玩儿。就像我们那九个小伙伴，除了我，大家都是要玩儿通宵的，不是在谁家做饭喝酒打扑克，就是玩儿什么贴纸条化妆赢豆豆，每一次，我都是在第二天，和他们见面的时候，听他们兴高采烈地描述我错过的精彩，然后我在脑补的画面中感受一丝乐趣。但我却始终没有一次机会，可以被家里允许，可以夜不归宿地通宵玩乐一次。

常常，我也会觉得羡慕，羡慕他们的自由、随意，而我却总是有那么多条条框框约束。就连回家的时间，规定几点之前，就必须几点之前，晚了的话，就会挨批评，甚至下次就别想再出去了。也因为我总是难得能和大家在一起玩，大家也就对我的参与多了几分重视。久而久之，自己也就习惯了。每个人都有每个人不同的成长经历和家庭教育，不要管别人怎么样，知道自己该怎么样就好。做一道不一样的烟火，未必不是好事。

时光如流水

时光苍绿，染指年华，我们都在不知不觉中向前奔走，走了好久，也走了好远。回首岁月的岸口，总是有一艘渡河的船，载着我们从此岸走到彼岸；待到彼岸变此岸时，我们就会踏上另一艘渡船，继续走向下一个彼岸。就这样，走过了春秋，也走过了冬夏，不知不觉，走过了一程又一程。

陌上花开，我踏花拾锦年，枕梦寻安好。曾经那个年幼的、无知的孩童，终于也在季节的更替中，收获了年龄的增长。跨过青春期那条激流勇进的河流，踏上了成年的彼岸，我犹如涤尽尘埃，娉婷于生命最美好的年华。

完成学业后，步入工作。我独自租住在市区的出租屋里，摆脱了家人的那些条条框框的束缚，开始寻找属于自己的生活。后来，阴差阳错，在别人的介绍下，我如愿以偿，早年成婚，有了属于自己的家，也有了一个自己心爱也心爱自己的另一半。

那时候，顺风顺水的生活状态，让我暂时忘记了曾经所有的心酸与低落，也让我无暇考虑太多，只想好好地过自己的小日子，经营好自己的小家庭。结婚后，我因有孕而辞职在家，虽然先生大多数时间工作在外地，一周一见。但心有期待的日子，即便孤独，也不荒芜。他出现在我人生最美好的年华，一见钟情，更是日久相看两不厌。他许了我一生一世，我应了他有生之年。他在我刚刚含苞待放之时，就收我入怀，免我惊，免我扰，免我漂泊无依，免我颠沛流离。给我富足的生活，给我万千宠爱，也给了我一生的承诺。

至此，奶奶对我，终于是彻底放心了。

结婚那日，我和先生亲自搀扶着爷爷奶奶，心中感慨万千，激动万分。感恩我的爷爷奶奶，没有你们，就没有我，更没有我的今天。

婚后两年，我有了宝宝，爷爷奶奶也有了重孙。至此，四世同堂，也是难得之喜。

许是生活太过安逸，让我忽略了时光的流逝，与岁月的无情。当我身为人母以后，我更加深刻地体会到爷爷奶奶当年抚养我的不易与艰辛，我心中更多感恩，更多情重。浮生若梦，一梦千寻，人这一生，自出生那天，就开始了寻寻觅觅。幼儿时，或于懵懂中寻找慈爱，或于啼哭中寻找安抚；长大后，或于风景中寻找故事，或于文字里寻找光阴，抑或于流年中寻找归宿。可是无论走到天涯海角，涉足千山万水，家，永远都是心灵的归宿，而爷爷奶奶的那个家，于我，永远都是温暖的避风港。

流光飞影，岁月如梭，恍然间，我已长大成人，而挚爱的爷爷奶奶，却已是两鬓斑白。人都说，家有老，如有宝，爷爷奶奶在我心中，便是至宝。我爱他们，入心至骨。那是一种无法用语言表达的深情。此生，纵然我倾尽一切，也不足以回报爷爷奶奶对我的那份厚重的恩情。

无奈的是，已然长大成人的我，却不能天天承欢膝下，陪伴左右。我唯一能做的，就是常回去看看。

不知道从什么时候起，爷爷奶奶就老了。多年的高血压也就算了，奶奶的心脏也开始不好了。这些年，我离家在外，最担心的，就是爷爷奶奶的身体。尤其奶奶，近几年显得尤为脆弱了几分。每一次，我只要一听说奶奶不舒服了，一种莫名的危机感就在我内心深处无限量地扩大，直到变成一种钻心的刺痛，让我泪如泉涌，我恨不得瞬间插翅飞到奶奶身边。

我想，在这个世界上，也许再没有谁可以让我爱得如此深刻，其间，包含了太多太多，无法用语言来表达，亦是没有几人能够体会。

也许我们从来就没有细数过，在我们那漫长的成长道路上，我们至亲之人为我们付出了多少心血，倾注了多少爱。儿时的我们，从咿呀学语，到蹒跚学步。每一次微笑，每一次成功，甚至是每一次失败，每一次无助，都是老人牵着我们的手，陪在我们的身边，默默地给予我们支持鼓励与呵护……

然而岁月却是一个无情的刽子手。虽然它让我们逐渐长大，却也让我们的亲人逐渐衰老。当我们的亲人因为年迈而渴望我们在身边，一如儿时他们呵护我们一样照顾他们的时候，我们却为了自己的生活而常年奔波在外。那种感觉，就像我年迈的爷爷奶奶，蹒跚地站在小路的那一端，看着我们逐渐消失在小路转弯的地方，不舍地目送着，凝望着。而我们却用无声的背影告诉他们：不必追。

或许，我们不是没有感知到父母老人的需要、亲人的不舍与老人的渴望。只是漫漫人生路，我们亦是需要踏上属于我们的征途。当我们转身离去的那一刻，父母看到的只是背影，却没有看到作为子女的我们，心存的那份牵挂与不舍。

回首往事，点点滴滴都可以唤起内心的温暖。爷爷奶奶对我的爱，总是那般厚重，那般无私。仿佛他们半生的交付，只是为了陪伴我的成长，做一个守护者。

俯首长跪求安康

　　人生，总是有很多事情，我们无力改变。很多时候，我们疼着，却只能站在时光的彼岸，把心间虔诚的祈盼，驻守成虚妄的梦幻。无语凝噎，却只有眸光轻闪，落泪轻叹。

　　人生总是有很多事情，让我们无奈，也让我们叹息。总是有那么一些时候，任何的努力都会显得那么苍白无力。亦如月的阴晴圆缺，人的生离死别。

　　多少个午夜梦回，那一幕幕令人惧怕的画面就那么清晰地出现在我的梦中，让我泪流满面，悲痛欲绝。好在，只是一个梦，一个噩梦。我宁愿相信梦都是相反的这一说，相信那只是在给梦中的人增寿。而我，也只是因了潜意识中太多的抗拒，才会让心间最害怕的一幕，潜夜入梦。

　　我这一生，都是为情。不是只有爱情，还有亲情和友情。任何一种感情，都是我心间至重。以至于很多时候，在情感的分量面前，自己都会变得渺小而微不足道。

　　时光流逝，岁月无情。我的长大成人，也在无形中，将他们推上耄

108

耋之年。这是人类无法更改的自然规律，也是生命的必然循环。只是，我却始终不能接受这份现实。我害怕，强烈地害怕。我害怕离别，害怕失去。

还记得很小很小的时候，我就会哭着毫无忌讳地对爷爷奶奶说"我不要你们死，我要你们一直都活着"，那时候，爷爷奶奶总是无奈又心疼地笑着，摸摸我的脑袋，告诉我："傻孩子，爷爷奶奶不会死，会一直陪着你长大，你放心。"

直到现在，父母都还很年轻，总是习惯了从来都是父母为我操心，我甚至从来不会在父母那里多想其他，反而把所有的担心，都聚集在一转眼就已经八十高龄的爷爷奶奶身上。

还记得那是在 2008 年，奶奶一度卧床近一个月无法自理。看着病床上的奶奶，还很年轻的自己，第一次感到了内心强烈的害怕。仿佛有一双无形的手，总是在夜半无人的时候，叩响我的心门，让我毛骨悚然般地害怕。

那段时间，我白天上班，晚上便一夜一夜地守在奶奶的身边，生怕少看一眼，都会成为一种遗憾。从那一天起，奶奶的心脏病，便也是我的"心脏病"。

好在一个月后，奶奶的病情终于稳定了下来，而我，却差点晕倒在上班的路上。

近几年里，在医院工作的三姑，为了爷爷奶奶年迈的身体，真是操碎了心。尤其奶奶的心脏，只要每次略有不适，都会第一时间去医院，采取及时治疗。这些年，医院早已跑得轻车熟路。

记得有一次，奶奶的心脏又不太舒服，我便和三姑一起陪奶奶去找她的主治医师白大夫。到了医院后，姑姑先去挂号，我陪奶奶坐在楼道里等。就在我和奶奶闲聊着的时候，对面匆匆忙忙地走来一个穿着白大褂的医生。那时候，我还从未见过奶奶的主治大夫，所以也不曾认出那便是奶奶要找的白大夫。只见当那个医生匆忙地走过我们身边的时候，奶奶却突然站起身来，满脸笑容地像个孩子般地蹒跚着脚步，紧追着那个医生走去。我不解地站起来拉住奶奶，问她干什么去，奶奶傻乎乎地、样子略有几分激动地对我说："我看到白大夫了，那就是白大夫……"

我回头望着奶奶指着的那个背影，伴随着匆忙的脚步，已经消失在楼道的尽头。而奶奶在看到白大夫时的那个神情和举动，却莫名地勾起我心底深深的酸楚。

于奶奶而言，那不仅仅是一个大夫，更是她心中的希望。虽然年岁大了，但是她不想生病，她想健康地活着。或许这是所有人的愿望。但是奶奶本能的表现，更让人心疼。

我至今都清楚地记得，那日奶奶坐在白大夫面前，认真地看着白大夫的眼睛，问了一句话："我还能活吗？"

白大夫欣然一笑，拍拍奶奶的肩膀，告诉她："放心吧。"

我知道，这句话，对奶奶来讲，比我们说什么都管用！

她放心了！

一转眼，几年过去了。

一周前，奶奶再次因为呼吸困难，而被父亲和三姑带去找白大夫做检查。诊断结果——右心衰。

这个诊断结果，就像一把利剑，深深刺痛我的心。没有至深的情感，没有亲身的感受，是不会懂得那份心情的沉重的。

握着电话的我，泪水早已像决堤的洪水，倾泻而出。尽管三姑说："白大夫说了，还有纠正的希望，配了点滴，调了日常用药，双管齐下，为期一周，尽快调理。"但我还是无法抑制内心的难过。不仅仅是因为奶奶出现的右心衰，更是我分明看到了一种冷漠无情的力量，在逐渐地向我挚爱的奶奶靠近，再靠近。

那一刻，我的心底突然涌现出了一种莫名的恨意。到底是恨岁月无情，还是恨病魔的无法驱逐？抑或是恨人世间千百年来的轮回定数？我不知道。

这几年来，随着爷爷奶奶的逐渐年迈，我曾在脑海与梦中，无数次地出现此生至死都不想看到的情景。我知道，那都是因为我实在是太害怕了。时光的流逝让我害怕，奶奶一次又一次复发的病情让我害怕。有时候，我害怕到恨不能找一个空无一人的地方，狠命地大喊几声，来释放我心中那无法言表的担心，与那深深的抗拒。

如果，祈祷，真的可以灵验，那么，我愿意，我愿意俯首长跪于佛前，以最虔诚的心来祈祷：祈求佛祖，一定要保佑我年迈的爷爷奶奶，福寿延绵无断绝；祈求，不要再纵容病魔的猖狂。

如果，跪求，真的可以灵验，那么，我愿意，我愿意俯首深叩于天地日月间，以最虔诚的心，祈求苍天：求你不要让岁月依旧无情，求你让时间放慢脚步，让我多一点时间，再多一点时间，承欢膝下，陪伴左右，去偿还哪怕万分之一的恩情。

我不敢想，真的不敢想。如果，真的会有那么一天……

那将是我生命无法承受之痛，只是在心底微微地想那么一下，我都觉得我快要发疯。

此刻的我，是那般忧伤与无助。我不知道，到底要怎样，才可以制止自己想要制止的事情，改变自己想要改变的现实？如果可以，我愿意把我的心，换在奶奶的身体里，保她福寿安康，身体无恙。

只要可以，哪怕让我去死，我都不会有半点犹豫。可是，可以吗？真的可以吗？

持一份虔诚　求岁月停留

　　岁月冷如水，一去不回头。任凭沧海桑田，世事变迁，它都冷眼旁观，不会为任何一个人而放慢脚步，停留驻足。时光的流逝，仿佛是一双苍老又温柔的手，不停地推着我们向前，再向前。不论我们多么急于向前，抑或渴望停留，时间它都不紧不慢，依旧遵循着它的轨迹与速度，向前行进着。

　　于是，伴随着时光的流逝，我们逐渐长大，亲人却逐渐变老。

　　有时候，我真的不想长大。不仅仅是因为越长大越孤单，更是因为我不想在至亲的人身上看到岁月雕刻的痕迹。

（一）

　　休班再次回家看望爷爷奶奶，一向身形灵活、健步如飞的爷爷倒是依旧硬朗。而同龄的奶奶，行动起来却是日渐缓慢。更让我心里"咯噔"一下的是，这次回家，奶奶的手里还多了一只拐杖。

奶奶是个特别好强的人，哪怕有多年的腿疾，但若非实在需要，她也是不会用拐杖的。看我走到身边，奶奶便打趣地对我说："最近去看医生，大夫说拄个拐防摔，所以，就有了这'文明拐'。"

我知道，这是奶奶在掩饰，掩饰她内心对拄拐的抵触。我挽起奶奶的胳膊，也笑着说："是啊，拄个拐多好啊，有地主老太太的范儿。"

奶奶听罢，哈哈一笑，便随我向屋子里走去。

一个月前，奶奶因为身体发软，腿疾复发，行动不太灵便，在院子里不小心摔了一跤。由于摔倒在院中的红砖小径上，胳膊都没来得及撑一下，所以，摔破了腿，也擦伤了嘴和脸。所幸，身体骨头都无大碍，否则，八十高龄，愈合何其不易，岂非遭罪？再幸，也没有磕到头部，否则多年高血压的奶奶，后果会变得不堪设想。只是胸闷多日，检查无碍，外伤也逐渐愈合。

听到爷爷和我说这些的时候，我的心突然就紧紧地揪在一起。爷爷说，好在没什么大事，就是怕我着急，所以一直也就没有告诉我。

一个月，我怎么不曾感觉自己已有一个月没有回来过了？我到底是在忙什么？八十高龄的爷爷奶奶，我居然一个月才回来一次。发生这样的事情，我居然现在才听说……

突然间，我就很想哭。我不知道我想说什么，也不知道该怎样表达自己的心情，就是很难过。

看着奶奶爬满皱纹的脸，想着奶奶摔倒时的情景，我的心好疼好疼。

（二）

奶奶是个裹脚老太太，身体微胖。还记得鲁迅先生曾在《故乡》一文中，对杨二嫂以圆规拟喻。而在我的眼里，奶奶那双小脚配上她微胖的身体，更是有一种锥子立地的感觉。

自我懂事起，我就没少为奶奶担心，无论是下雨还是下雪，上学在外的我总是担心奶奶会滑倒。多少年过去了，奶奶倒也没有如我所担心的那样在雨天或者雪天滑倒过，如今倒是在晴天白日下自己给自己绊了一跤。

老了，我亲爱的爷爷奶奶，他们真的是老了。不论我多么不想接受，这都已经是不可改变的现实。

每一次回家，奶奶就会不知疲倦地跟在我的身后，我吃饭她看着，我喝水她盯着，我在院子里整理一些东西，她也要搬个小凳子坐在我跟前，就那么一刻不停地看着我。仿佛恨不能把我彻底收在眼里，然后锁住，便可以寸步不离地陪伴在她的身边。

总感觉奶奶的眼神特别有穿透力，每一次对视，都仿佛直入心底。那里承载有太多太多的爱，温暖，也厚重。很多时候，我是不敢迎目对视的，因为我害怕心会疼。我会走过去紧紧地和奶奶拥抱在一起，很久很久，不撒手。奶奶便很满足地，一直摸索着我的胳膊我的背。手掌的温度，传递着爱的讯息，我最懂。

搂着奶奶在怀里，仿佛是搂着一个可爱的孩子。要知道，老人在上了一定年纪以后，仿佛就是一个孩子，简单而可爱。奶奶什么都不求，最开心的事情就是有人常回去看看。

只要有人回去，奶奶就是有再严重的身体不适，都能撑着，一双小脚还要尾随着我们在家里走来走去。仿佛是想要以一种最近的距离，守护我们短暂的相聚。

奶奶年岁大了，听力也略有下降。每次我们聊天，她明明没有听懂，却还要假装听懂似的乱接应，时常逗得家人开怀大笑。奶奶却依旧好像听懂似的跟着我们一起乐呵，全然不知道我们是在笑她。

我经常会过去抱着奶奶，理一理奶奶满头花白的头发，轻轻地伏在奶奶肩头，就像在哄一个孩子般地拍着她的后背，默默无言。奶奶温暖的怀抱，熟悉的味道，一如幼时那般，让我备感心安与踏实。

可是奶奶，幼时，你扶我蹒跚学步；晚年，我是否也可以挽你蹒跚走路？

幼时，你日夜为我守护；晚年，我是否也可以天天照顾？

幼时，你喂我吃帮我穿；晚年，我是否可以为你烹帮你洗？

幼时，你经常抱我入怀；晚年，我是否可以多一个拥抱看你笑开怀？

你在幼时照顾我健康长大；我是否也可以在您的晚年伴您快乐无忧？

我不想看到老人每天的翘首企盼，企盼着儿孙子女回来看望；我不想再让奶奶摔倒，我希望我可以是奶奶手里的拐杖，再不要让奶奶受到那样的惊吓和伤害；我不想奶奶身体不适的时候，和不会做饭的爷爷为做饭而犯难发愁。孙女已经长大，我现在什么都会做。可是为什么，我总是没有在你们的身边？

仿佛总是身不由己，仿佛总是无可奈何。为了自己的家庭、自己的生活，我总是对爷爷奶奶满心愧疚地日夜惦记着，却不能日夜陪伴着。

为什么我要长大？如果我不长大，爷爷奶奶就不会更老；如果我不长大，我就不必为自己的家庭生活而身不由己。可是，如果我不长大，很多事情我都不会做，也不会懂。

人生为何如此纠结、如此矛盾？

岁月啊，我要怎样才能留住你，才能让心中至爱的亲人不再继续变老？

心凄胜秋凉

穿梭在车水马龙的大街上，任秋风瑟瑟，看落叶纷飞，我不禁扣上了敞开的外衣，加快了回家的脚步。

又是冷的秋，又是秋的凉，落红簇簇，随风散落，一季姹紫嫣红，又将无声而终。仿佛人的生命，走过春的蓬勃、夏的葳蕤，终究还是难逃秋的凋零、冬的枯萎。这是大自然赋予所有生命的轮回，任谁都无法改变。

夕阳西斜，烟霞如火，我想，这应该是夜幕降临之前最后的绚烂。心头不禁涌动着丝丝伤感。

如果，太阳不会沉落西山，倦鸟是不是不会迷失回巢的方向？如果时光不会如水逝去，生命是不是可以永远都像盛开的春红？

可是，如果这样，我们又怎么能收获岁月的洗礼，逐渐长大，逐渐成熟？亦是无法感知新生的喜悦与感动。

只是，如果我长大了，至爱的亲人，是否可以不老？

（一）

奶奶又住院了。

中秋节回家看望奶奶的时候，看到已经开始拄拐的奶奶行动越发缓慢，走路越发吃力。扶着她的手，我能感觉到她在微微地颤抖。我知道，奶奶真的老了！

中秋节后，我仅几日没有打电话回去，奶奶就又住院了。

那一日，我匆忙跑到三姑的单位，和三姑一起带着奶奶去内蒙古医院做检查。途经一个小小的台阶，奶奶想要抬脚走上去，都显得那么艰难。

我心里有一种惊讶的酸楚。我忘记了时光的流逝，忘记了岁月的无情，我始终不能相信，我的爷爷奶奶已是耄耋之龄，奶奶已经老得将要连路都走不动了。

看着她慈祥的面孔，露出孩子般简单的笑容，我走过去紧紧地拥抱着奶奶，就像她小时候抱着我那样。奶奶便开心地笑出了声，轻轻地晃动着身子，紧紧地靠着我。我强烈地感觉到，二十多年前，我是孩子，在奶奶的怀抱中长大；二十多年后的今天，奶奶是孩子，她需要陪伴，需要照顾，需要我们也像对待一个孩子那般温柔与呵护。

奶奶住院的这些日子，我几乎每天都会到病房陪着奶奶。买她喜欢吃的零食，做她喜欢吃的饭菜。虽然，我的厨艺真的很烂，但是，我做的不是饭，是我所有的心意与情感。我相信，纵使我的饭菜并不那么可口，但于奶奶而言，也是最好吃的。

奶奶老了，一顿饭的饭量小得让我感到诧异。她现在必须吃一些精华食物，才能供给身体的营养所需。可是奶奶像个孩子一般挑食，总是不好好吃饭，也不好好吃水果，就连多喝点水，都要我们不停地叮嘱着。

奶奶老了，那双写满岁月沧桑的手，已经苍老得看不出肌肤本色。

多日的吊瓶更是让她的手背青一块紫一块。她好脆弱，却好无奈。人老了，真的很可怜。

就在两个月前，奶奶自己不小心摔了一跤，骨头虽无事，却受了很多外伤。从那以后，一向倔强不肯用拐的奶奶便开始了拄拐。可能是那一跤吓着了她，就是拄着拐，奶奶走路也总是那么小心翼翼、颤颤巍巍。很多时候，她那些无言的无助和害怕，我都可以看得很明白。因为懂得，所以心痛，我能做些什么来改变这一切呢？

住院的这些天，奶奶显得更加的胆小害怕了。就是拄着拐，没有人扶，她都不敢走。有时候上个洗手间，扶着她都站不起来。我不知道一个人需要多大的勇气，才能接受自己变成这个样子？

她总是殷切地盼望着所有的子女儿孙都能一刻不离地陪伴左右，可是父母姑伯都要上班，大家已经很努力地在协调时间过来陪伴与照顾了。

由于所有人都在照顾着住院的奶奶，所以连一个人在家且不会做饭的爷爷就无法顾及了。很多时候老人需要的不是钱不是物，他们更需要子女能够陪伴在身旁。可是人到中年，正是工作与家庭中最顶力的时候，作为子女，这时候最缺的，好像就是时间。

夜幕已经降临，又是一天接近尾声。明天的太阳依旧升起，对于年轻的我来讲是希望的一天，可是对于年迈的他们来讲却是犹如走进生命之秋的阶梯。我宁可时光停滞，再不向前。

生命总是有太多的无奈，亦是有太多东西我们无法改变。很多东西，抗拒并不代表可以阻止或者改变。

一片落叶无声地飘落在我的窗前，我看到一棵大树，她正在秋的余晖中，渐渐枯萎与凋零……

（二）

奶奶住院已经两个月了。

在这两个月当中，奶奶没有一天不挂液。从最初的一天五六瓶，到这几天的一天一两瓶。两个月下来，手上的血管已经几乎没有一处没有扎过。

我不知道应该怎样描述此刻坐在电脑前的心情。内心无比凌乱，且有点语无伦次。

曾经，爷爷奶奶就是我最温暖的依靠，有他们的地方，我就有一种归属感。小的时候，感觉爷爷奶奶就是我的大树，他们为我遮风挡雨，可以在任何人、任何事情面前保护我，给我以无限的安全感。

而如今，不知道从什么时候开始，他们开始逐渐变得脆弱，变得需要别人寸步不离地照顾。尤其奶奶，几乎是靠着吊瓶挂液在维持生命，每天连自己起码的事情都几乎不能自理。加之心衰现象的出现，更是让我们无时无刻不在担心着突发情况的发生。

这些日子，家里每一个人的心情都显得有些沉重。繁忙的工作，只身一人且不会做饭的爷爷，和躺在医院里的奶奶，让父母、姑姑和伯父他们陷入无限奔波与忙碌之中。尤其是在医院上班的姑姑，这两个月来，白天边上班边陪床，就连晚上，也住在医院里。家里和孩子，干脆无暇顾及。

每当奶奶说她感觉有所不适的时候，三姑就会像疯子一样推着奶奶跑遍医院的每一个科室，去做各种检查。两个月下来，除了心脏无法承受的检查以外，奶奶全身上下所有能做的检查都做过了，有些检查甚至做了不止一次。

其实，我特别能够理解三姑的辛苦与不易。这两个月，真是累坏了三姑。加上三姑毕竟懂医，心里最清楚奶奶目前的状况，心情也是格外的忧虑。

那日，我给奶奶做了点吃的送到医院，三姑正因为奶奶的一句胸闷气短而跑了一上午，给奶奶做检查刚回来。感冒中的三姑，连嘴角都起了泡。送奶奶回来后，三姑一个人站在卫生间，像个孩子似的哭了好久好久。

　　待我把奶奶从轮椅上扶上床以后，我拿了面巾纸来到卫生间，站在三姑身后，看着三姑难过的样子，我知道那眼泪中，包含的内容太多太多。两个月下来，三姑整个人都像缩水了一样，瘦了一大圈。看着她颤抖的肩膀，我轻轻地抱住三姑，真的不知道该说什么好。

　　想想这些年三姑为爷爷奶奶的操劳，我突然在心里无限感激姑父的宽容与理解。每次老人不适，三姑就刻不容缓地往家跑。只要住院，三姑就住在医院里，连家也不回。家中上学的孩子，连同琐碎事务，全都交给同样在上班的姑父，多少年来，姑父从无怨言。

　　等三姑的情绪稍微平静之后，我去给奶奶热饭。三姑也没有吃，红着眼睛就出去了。饭后三姑回来给奶奶喂药，奶奶突然就开始剧烈地呕吐。三姑不停地用空心掌拍打着奶奶的后背，奶奶难受地用纸巾擦去了正要流出的眼泪。

　　奶奶一辈子都是个要强的人，这些日子虽然时有糊涂和轻微健忘，但是她的心里是清楚的。她看得出来三姑哭了，她知道最近三姑很累，大家也都为她变得很忙碌。她恨自己的身体不争气，恨自己拖累了儿女。

　　站在一边的我，心中五味杂陈。大家受累不假，可是大家更希望奶奶能够尽快地好起来。

　　但是，也许大家心里都很清楚，这或许只是一个美好的期许。且不说其他，就奶奶这多年的心脏病，加上今年多次心衰现象的出现，实在令人担忧。

　　回家后，我的心情一直很沉重，三姑抽泣的背影，和奶奶那落泪的情景，都一直不停地在我的脑海中浮现。我的心很疼，叹时光如水，它不仅无言，更是冷酷无情。

你陪我长大　我伴你到老

> "时光时光慢些吧，不要再让你再变老了，我愿用我一切，换你岁月长留。我是你的骄傲吗？还在为我而担心吗？你牵挂的孩子啊，长大啦！感谢一路上有你……"

一首歌，深深地刺疼着我的心。每当夜幕降临，内心的忧伤，总会像雨后的小草，疯长在那苍茫的夜色之中。伸手，触摸那夜空中闪耀的星辉，却发现儿时的记忆，早已随着时光的推移，散落成漫天繁星。一颗、两颗、三颗，颗颗遥远，却又颗颗明亮。

于是，泪光闪烁，泪眼朦胧。我虔诚地将双手合十，想要收揽那所有的记忆，于时光的路口，封印。

如果，我的成长，一定要换您满头霜华，我宁愿永远都只是那个长不大的孩子。我情愿一生无助，只要你安康如故！

没有人能够体会此刻，我内心抓狂的无助与难以承受的痛楚。向来知道岁月无情，却从不知道它竟会无情得如此冷酷。

（一）

还记得小时候，我们祖孙三人，生活在那个满载温情的大院中。每到夏日的午后，我都会拿个小扫帚，把大门外的那一片空地打扫得干干净净，然后搬来小凳子，铺上小席子。你们坐着，闲话柴米油盐的琐碎，我便在脚下的席子上睡着，滚着，淘气着……

后来我长大了。每当你们出去乘凉，我便一个人在院中将中午晒好的水端到一片阴凉处，开始满家搜寻你们的衣服，不管穿过的没穿过的，统统都要拿来洗一遍。然后一件一件挂在晾衣服的铁丝上，还不忘数数总共洗了多少件。站在太阳下，看着衣服上因为没有拧干而滴下的小水滴，那般晶莹剔透。那七彩的光芒，就是我儿时的世界，充满温暖与阳光。

在家生活几年，我几乎从来没有学过做饭。您总说我还小，用不着。可是当我偷偷在饭前烧好一壶开水的时候，我分明看到您笑得那么开心，那么欣慰。我便沉浸在内心小小的成就感中，欢呼雀跃……

多少次在我生病的时候，您都会一刻不离地守护在我的身边。无论我多么不想吃饭，您总有办法变出好多好吃的来给我吃。北方的冬天，总是特别清冷，我们祖孙三人总是守着那红红的炉火，夜幕降临时，我们坐在大炕上一起打扑克、看电视。我总是喜欢坐在您腿上，您便像个不倒翁似的一直摇啊摇啊，我就"咯咯"地笑个不停。儿时的我，晚上睡觉前总是喜欢吃东西。不论多晚，只要一句我饿了，您都会给我端来热乎乎的饭，然后把我裹在被窝里让我吃……

就这样，您用一双三寸金莲般的小脚，为我踏平了生命历程上的坎坷之路；您用胜似母爱的辛劳，为我编织了成长的摇篮。

再后来，我便外出寄宿上学去了。在那个封闭式管理的学校里，从没和您分开过的我，在学校里哭得歇斯底里。想您，饭不吃、觉不睡，心心念念要回家。多少次，一双小手扒在学校大门的栅栏上，望眼欲穿，恨不能翻门逃跑。而您，亦是在家哭成泪人，怪怨爸爸非要送我外出上学。

冬去春来，光阴流转。当那个让您一直放心不下的孩子，已然长大成人，您是否安心，是否欣慰？

（二）

光阴是一把无声的利剑，一剑一剑刻画岁月的痕迹。仿若那老树上的年轮，多到数都数不清。多少风景我们还没来得及细细欣赏，生命的驿站就已走过了一程又一程。我们不禁在行色匆匆的脚步中感叹，时间都去哪儿了？是印在脸上那越来越苍老的皱纹里，还是消逝在孩子那纯真无邪的欢声笑语中？是打磨在生活柴米油盐的琐碎中，还是流转在日升月落的更替中？

或许，站在时光的渡口，无论我们如何不舍，如何挽留，我们也始终都只是过客。待一转身，逃不掉的，依旧是时光的斑驳，与岁月的侵蚀。蓦然回首，那所有的心绪，都已沉淀在流年日深的扉页上。

生命中，有一种温暖，叫陪你走过。而回不去的，永远都是那些走过的岁月。

不知道从什么时候起，苍老便伸出魔爪，掠夺了健康，掠夺了硬朗。从背影的蹒跚，到对拐杖的依赖，直到现在的卧床。

我难以接受，昔日那个给予我生命安暖的人，如今却脆弱得像个襁褓中的婴孩。恍惚间，仿佛角色转换，我们成年，老人却变成了孩子。喝水要喂，吃饭要哄，就连起码的自理，都要依靠别人来完成。每一个动作都变得像个孩子般笨拙，紧握颤抖的双手，目光中投来的却也是孩子般的纯真与无邪。

岁月的长河，在流年日深中，静默流淌。陌上花开，随风凋谢的岂止是那一片片零落的春红，更是一场生命的轮回。只是严冬已去，春已渐近，我亲爱的人儿，为什么还是那般的憔悴、堪忧？

　　当清晨的第一缕阳光，俏皮地洒落在房间，我拉开窗帘，迎接那一抹暖。您依旧满眼慈爱地看着我，颤巍巍地伸出一只手，我转身握紧，您便欣然睡着了。握着您已是爬满了皱纹的手，依旧温暖，只是多了几处因为扎针所致的瘀青，我便疼在心里。

　　多少年过去，我还是我，只是长大了而已，为什么您就不再是曾经的您了？我该怎么办？我能做什么？我压抑着内心发疯般的嘶吼，换上满载希冀的微笑，守护。不到最后一刻，决不放弃！

　　看，窗外那一片蓝天白云，阳光明媚之下，清风也捎来春天的祝福。不要怕，您陪我长大，我陪您到老。待到春暖花开时，我带您一起去看那万紫千红。

苍老是一指年华

忘记这是第几次满怀忧伤地提笔，不为哗众取宠，只为心底那份黯然伤神的惆怅。

曾经，我也不止一次地担忧，可是时光依旧在担忧中如履薄冰地走过。而今，我不知道这"如履薄冰"的日子，还能不能走到花开荼蘼。

我已经记不清奶奶住了多少次医院了。就连今年春节，奶奶都没能再回家团聚。不堪心情沉重的爷爷，随后亦是心脏病复发，和奶奶一起住进了同一间病房。

其实，我理解爷爷的心情。尽管奶奶在爷爷面前骄横了一辈子，任性了一辈子，但我看得出爷爷对奶奶的那份发自内心的深情与心疼。自己难受得都要走不了路了，还依旧倔强地要守在奶奶的床边。尽管奶奶依旧任性地看也不愿看爷爷一眼，他也不肯去休息。

这些日子，我们所有的人都在以不同的方式给爷爷备案，希望倘若有那么一天，爷爷可以不要太过悲伤。奈何在感情面前，很多时候都是情不自禁与不由自主。

125

出院的这些日子，每当奶奶不舒服的时候，爷爷都会心急得像热锅上的蚂蚁，等不及保姆阿姨做什么，他就已经是乱得团团转了。经常是几乎一晚上都睡不着，熬得那满是皱纹的脸，就像是北方的沙尘暴吹乱了漫天的乌云，凝重而凌乱……

　　确实，奶奶的情况令人忧心至极。我也是第一次知道，输液还有输不进去的时候，输进血管里的液体甚至能从皮肤上全部渗出来。什么叫最苍白无力的束手无策？什么是眼睁睁看着难受却无能为力？那种感觉，就像是一个坠崖的人，在那滑落的瞬间，无助而绝望。

　　突然我就不想一个人在家了；突然我就不知道自己想干什么、该做些什么了；我突然间就觉得坐立难安，心口仿佛被压了块大石头一般难受，眼泪就无声地滑落下来……

　　好像什么都不想说，可又好像想说的很多。

　　我想让时间停止，真的特别特别想。

　　心底发出了歇斯底里的嘶吼，那是无人能懂的抗拒与害怕！可我却独倚窗前，在那一片苍茫的夜色中，无声地沉沦，沉沦，再沉沦……

　　若不是每天都有正常的事情要做，还有孩子要照顾，我真的想彻夜不眠地待着。或许做些什么，或许什么也不做，我就是心里好难受。

　　时至今日，我已经没有什么华丽的辞藻，来堆砌煽情的剧情；也没有什么高大上的手法，来叙写我此刻发疯般的心情。我只有两个字，就是难受，发自内心的难受，无助到不知所措的难受！

　　我不是一个悲观的人，可是面对人生中仿佛已经是越逼越近的生离死别，我实在难抑崩溃。

　　每天我都在不停地想办法，想着怎么样能够改变现实，能够逆转轮回。可是日子一天天过去，我却只能眼看着躺在病榻上的奶奶，日渐消瘦与憔悴，却毫无办法。

　　无人的时候，眼泪一次又一次地模糊我的视线。我望向窗外，柳绿花红的世界，却是一片迷朦。

阳光再明媚，晒不干我潮湿的心，照不亮生命轮回之路；春景再怡人，扭转不了现实的残酷，温润不了我备感冰凉的梦！我不是圣人，我难抑哀伤……

叹岁月匆忙二十余载，我却发现自己活得依旧天真、依旧单纯！人生，到底还有多少事情是自己没有经历过的？又有多少路途是自己从不曾踏足过的？

所谓成长，就是要学会接受现实！上学后，认识"无奈"两个字；经历后，才知道什么是无奈！

我知道，有些事情已经没有什么幻想可存了。作为一个心存信仰并深信不疑的人来说，或许我不想为赋新词强说愁，但我确实感受到了内心深深的落寞！那种感觉，一定无人能懂，因为连我自己都说不上来！我只知道，此刻，我在以最深刻的姿态，解读何谓人生无奈！

多少次，我打开记忆的门扉，于那过往的岁月中，拾捡那些点点滴滴。记忆仿佛是一条抛物线，从晨起的东方，一直滑落到日落西山。

我拼命地奔跑着，追逐着，只为留住那曾经给我遮风挡雨的大树，让她永不凋零。然而，眼前的奶奶却早已由昔日的慈爱，变成了更似孩子般可爱的模样。

现在的她，总是喜欢呼呼地睡，偶尔清醒一会儿，也不怎么说话，只是眨巴着眼睛傻傻地看着。逗她，她会笑，给她吃块西瓜，她会淘气地把瓜皮扣在脑门上，然后调皮地看着我乐……

奶奶如此可爱，我却如此心痛！

握你的手，放在我的胸口。我不想松开，我要你一直陪我走！

抚摸你的额头，让我抚平那岁月的痕迹，换你曾经的容颜与康健！

我想要抱抱你，就像儿时你抱我在怀里一样！

我抱着你，你就不会不舒服！

我哄着你，你就会乖乖地吃饭，就像儿时你哄我一样。

我静静地看着你，眼睛不想转移到他处！

我在期待一个奇迹的发生，期待这场梦境的突醒！

我不想失去，我不能失去！

你看，春暖花已开，万物皆蓬勃，花红柳绿间，到处皆是生机盎然，你却为何还不快快好起来……

思绪倚千寻

（一）

上午十点，天空湛蓝，万里无云。

我站在爷爷奶奶家的大门口，异常平静的内心掠过一丝忧伤……

看着爷爷奶奶家门口的两块大石头，想起小时候爷爷奶奶经常一人一块石头坐着，我就在两块石头间之跑来跑去地玩着。那时候觉得这两块石头特别大，现在看着却感觉它们变小了不少。

转身回望，便是爷爷奶奶的大院，干净、整洁。

不知道为什么，自从奶奶卧床以后，每次回来走在院子里，我都能看到奶奶的身影。我已经不记得奶奶最后一次走在院子里是什么时候了，但我却一直看到奶奶走在这院子和那屋子的每一处！

透过玻璃窗，我仿佛看到奶奶正在收拾家，她拿着一块抹布，正背对着我，擦着那组大红柜。我看到奶奶颠着小脚从房间里走出来，看着我笑，然后她去了卫生间，路过小菜园拔了几根小葱；我看到奶奶准备回屋，却是吃力地走上台阶，一定是腿疾又犯了；我看到奶奶围着锅台准备做饭的影子；我看到……

我觉得我疯了！

目光所到之处，皆可以看到奶奶熟悉的身影，我使劲地摇摇头，移动着缓慢的脚步回到屋里，却分明看到奶奶还在那大炕上酣睡。赤裸的胳膊已是瘦骨嶙峋，透过皮肤，看到大片大片的瘀青，那是卧床太久皮下出血所致。有点凌乱的头发随意地散开，眉头紧皱间，一张慈祥的脸早已不复昔日的模样。我突然间就觉得自己有点神志不清，辨不清哪些是幻觉，哪些是真实。

好像有些日子了，奶奶在看似忽好忽坏的状态中每况愈下。至于到底有多少日子，我凌乱的大脑根本无从去回想。

从刚开始一听说奶奶不舒服就能抓狂，到后来意识到奶奶只能回家调养时的崩溃，再到今天的沉默以对，我不知道自己内心经历了怎样的过程。现在大部分时候，我都不会再像之前那样，动不动就觉得自己要崩溃了。只是觉得很恍惚，每次看过奶奶，回家以后我就会觉得奶奶一直在我身边。总是想要回头看，回头了又发现没有，可是转身却还是觉得奶奶在我的身边……

因为已为人母，所以我知道什么是生命的开始，但我却好像从来都不曾认真地思考过何谓是生命的终点。

花开需要时间，花落亦需要过程。只不过比起花开，花落的过程似乎多了一份伤感，多了一份生命凋零的残忍！

一个人，要有多大的勇气，才能让自己从芳华走到迟暮？又需要多大的勇气，才能接受自己变老并老得不成样子？

我怯懦了！

我的心情无比复杂，我的思绪仿佛掉入深渊，那些过往的回忆，带我走了很远很远。我坐在屋檐下，却不知道真实的自己到底在哪里……

（二）

人这一辈子，不过是从一个点，走到另一个点的过程。一回小，一回老，就是小时候怎么被照顾，将来便怎么照顾那个小时候照顾过你的人。

"养儿方知父母恩"，只有知恩的人，才知道自己该如何报恩。情深之至，便是至爱于心。

中午给奶奶换尿片，卧床多日的奶奶关节疼痛，四肢已是不便自如活动。我好不容易揽着腿、抱着腰把奶奶挪起来，让母亲从身下将尿片换好，却没注意奶奶这时候居然拉粑粑了，发现的时候糊得我满手都是。我把手从奶奶身下抽出来，看着母亲无奈地笑了，奶奶却依旧一副若无其事的表情，随你摆弄……

人啊，老了以后真的是和孩子毫无差别，天真无邪的可爱常常在不经意间呈现得淋漓尽致！

扶奶奶起来坐了一会儿，怕她坐不稳，我便迎面相拥让奶奶靠在我的肩膀上，穿着无袖连衣裙的我只感觉肩头一阵痒，便喊着让母亲看看怎么回事。母亲一看，笑了，原来是奶奶的口水流过我的肩膀。就像那刚刚要出牙的孩子，懒懒地伏在我肩头，连口水都管不住了！

母亲帮我擦掉以后，我亲昵地拍拍奶奶的后背，继续抱着奶奶。现在的奶奶，在我眼里就是个孩子，不会嫌弃，不会烦躁，就是觉得太可爱，可爱得有点脆弱，也太过憔悴……

（三）

近日一直睡眠不太好。尤其是每到夜深人静的时候，心中总是思绪万千。晚上一点睡，早上七点起，虽然感觉很不舒服，但难耐心中的惦记，忙完家中的琐事之后，还是忍不住跑回来看奶奶。

午饭过后大家都午休了，院子里静悄悄的。

我独自坐在大门口的阴凉处，清风拂过，有些细碎的沙沙声；远处隐约有飞机轰鸣而过；几只布谷鸟也凑着热闹，你一句我一句地在不同的方向发出此起彼伏的叫声；前边院中传出几声"咩咩"声，慵懒中带有几分烦躁，仿佛是被吵醒了午睡；几只小燕子，也是一连串的叽叽喳喳，便从头顶一掠而过；你听，不知谁家的拖拉机发动了，"突突突"地响；大门的"嘎吱"声，铁器的碰撞声，偶有蜜蜂的"嗡嗡"声，麻雀的私语声……

骄阳似火的午间，在这看似沉睡的时光中，静心，却能听到声源丰富的交响曲，这未尝不是一种享受。

我什么都没想，坐在风口处放空了思绪，就好像时间静止般空灵。

是的，我什么都不去想，让日子一天天匆匆而过，它就像一个顺坡而下的石碾，一路追赶，谁都不想被压倒，所以只能不停地奔走。日复一日间，又有多少事情来得及思考？就算思考再多，又有多少事情可以如愿以偿？

这些日子以来，我是眼看着奶奶一步一步地走到今天这个样子的。不是我没有过思考，而是思考得太多了，以至于我到现在都对眼前的事实感到恍恍惚惚。

沉默，是内心最绝望的悲伤。我有点累，可我不想颓废……

悼念奶奶

原来

心痛是解不开的诅咒

悲伤是逃不掉的宿命

无论我多么的抗拒现实的残酷

也依旧不能改变命定的结局

奶奶还是走了

都不等我见她最后一面

就狠心又安然地离开了

（一）

2016 年 5 月 24 日，阴历四月十八，星期二。

一个看似再寻常不过的日子，没想到，这个日子会让我痛到终生难忘。

还记得那天是爸妈乔迁新居的日子，新房离爸妈的单位很近，离奶奶家也很近。之前为了给弟弟陪读，父母舍近求远住在弟弟学校附近。现在弟弟高考在即，奶奶又卧床多日，抽时间搬进新房也是为了工作和照顾老人两不耽误。正好我那出差多日的先生也于一天前回来了，我们便说好了中午一起去爸妈的新居吃饭小贺。

　　那日天气很好，一大早，爸妈就去新房安顿琐事，临近中午时分，我和先生带着东西过去，一家人其乐融融地沉浸在乔迁新居的喜悦中。

　　午饭过后，正当我们准备去小区散散步，一睹小区公园般秀丽的美景之时，只见外面突然狂风大作，很快雨便淅淅沥沥地下了起来。

　　父亲还说："今天真是天公作美，上午一片艳阳天，硬是等着咱们把家都搬过来了才变天……"

　　四点多，我和先生离开父亲家，准备去接孩子，然后一起回去看奶奶。

　　雨后气温骤降，穿着裙子的我，冷得直哆嗦。刚刚才接上孩子，就接到母亲的电话，说今天有点冷，且时间也不早了，就别回去看奶奶了。

　　挂断电话后，我的心里隐隐觉得有点奇怪，但又想确实时间也不算早了，回去也待不了一会儿就得回来，不如明日早点回去，可以多待一会儿。

　　晚饭的时候，想起来临近高考的弟弟今天一个人在家，不知道怎么吃饭，便打电话给母亲，想问问有没有事先安排，没有的话就接弟弟一起吃饭。

　　习惯了接通电话问母亲在哪儿，母亲说在奶奶家。

　　我说："不是说今天不回去的吗？怎么突然又回去了？"

　　母亲说："奶奶有点不舒服，所以就回来了。"

　　我有点着急："怎么了？怎么不舒服了？严重吗？"

　　母亲的声音略显低沉地说："没事儿，就是不太舒服。你别管了，好好照顾好孩子，忙你的事儿吧！"

我更加着急了："到底是怎么不舒服啊？这都什么时候了还不告诉我？严重的话我现在就回去！"

母亲说："你奶奶……已经没了！"

没了？什么叫"没了"？

当我听到这两个字的时候，我的大脑"嗡"的一声响，瞬间感觉天旋地转，便再也站不稳了。

先生一把将我搂在怀里，不停地拍着我的背让我冷静一下，我才想到，我需要赶紧回去。

我不能相信奶奶就这样走了，什么叫没了？怎么就能没了？我边换衣服边慌乱地哭着，那种瞬间崩溃的心情，难以言表。

原来，我们刚刚离开父亲家不一会儿，父亲就接到了家中保姆阿姨的电话，说感觉奶奶不太好，恐怕需要大家回去一趟。就在父亲母亲起身准备要出发的时候，父亲再次接到爷爷的电话，说奶奶已经走了。

父亲家距离奶奶家最多不过二十分钟的车程，就是我，从家出发，快一点的话，也就半个多小时。

然而奶奶却谁都没等，前后仅仅不过十分钟左右，奶奶就离开了。爷爷说，奶奶走得很安详，没有一丝痛苦，也没有说一句话。只是一如往日那般睡着，睡着，直到睡得爷爷再怎么叫都没有任何反应……

（二）

车一停到奶奶家门口，我便飞奔着朝家中跑去。推开门，第一眼就望向奶奶经常躺着的位置，却看到蒙着脸的奶奶身盖金色绸缎，睡在后炕边儿上。我环视家中，父亲、伯父、三姑所有人都在，所有人都红着眼眶。

我缓缓地走进里屋，看到奶奶一动不动地睡在那里。我多想能够像从前一样，靠近她，抱抱她。这时候爷爷过来告诉我，没入殓，不能哭。

　　是的，奶奶才走几个小时，这个时候哭，会让她心生不舍，难以安心的。于是我忍住不哭。

　　站在奶奶身边，无措的自己，手都不知道该放在哪里。我只觉得这一切都是在做梦，前两天回来看奶奶，她还和我说想要起来坐一坐。当我扶着奶奶坐起来时，奶奶却像个孩子般地在我的怀里呼呼大睡。不过两天而已，奶奶怎么可能就这样走了？

　　我慢慢地掀起奶奶头上的白纸，看到奶奶双眼紧闭，面容安详，除了脸无血色以外，和平时睡觉时的样子毫无差别。我伸出颤抖的手，轻轻地触摸着奶奶的脸，奶奶的皮肤软绵却冰冷。我一声一声地呼唤着奶奶，好想冲上去将她紧紧地拥抱在怀里。伯父轻声告诉我，不要动奶奶了，让她好好地睡吧。

　　我抗拒着眼前的事实，大脑一片空白。那一刻我的内心异常平静，因为我不相信奶奶已经去世了。我默默地站在奶奶身边许久，听不清大家都在说些什么。

　　就在奶奶过世之前大概半个月左右，我常常感觉莫名地害怕。那种怪怪的感觉，让我夜不能寐。那些日子，我都是靠吃药来睡觉的。

　　而今，奶奶真的过世了，我觉得自己整个人都蒙了，就连走路都感觉轻飘飘的。在目睹奶奶遗容的时候，我丝毫不觉得害怕，甚至还想像往常一样趴上去亲一下、抱一下。我只觉得这是在做梦，我等着梦醒，看到奶奶一如平时一样盖着被子睡在炕上，看到我回来了，她会抬起头，眨巴着眼睛看着我。我的大脑像电影播放器一样不停地重播着往日的画面，每一幕的闪现，都刺得我心生疼。

（三）

第二天傍晚，入殓。

当我看着那么多人抬着奶奶的身体放进棺木的时候，我有一种如梦初醒的感觉。我和三姑不顾一切地趴在棺木边儿上，摸着奶奶冰冷的脸，我轻声地呼唤着奶奶，多么希望这一切都不是真的，我亲爱的奶奶，你为什么要睡到这里？

当棺木盖上的那一刻，我再也不能控制自己，发出了歇斯底里的哭喊。我嘶吼着，挣扎着，昏暗中我已经不知道身边是谁在拉着我、拽着我、喊着我。我发疯一样地咆哮、怒吼，说不上心里有多痛。我甩开所有人的手，泪眼朦胧中，我透过玻璃窗望向屋里，灯火通明中却是那么的空落。我趴在窗户上一声一声地喊着奶奶去哪儿了？奶奶去哪儿了？我哭着喊着，跳着脚，疯狂地寻找，直到模糊中看到爷爷的脸，感觉到爷爷紧紧地握着我的手，一声一声地喊着我的小名，我才突然冷静下来……

我抬起悲痛失控的脸，看着爷爷的眼睛，问爷爷："爷爷，奶奶去哪儿了？奶奶去哪儿了？我想要奶奶！"

爷爷紧紧攥着我的双手，眼泪夺眶而出。

我没有奶奶了，再也没有了！

又是一个午间时分，我拿着凳子坐在大门口。天还是那么蓝，只是多了一些白云，大朵大朵的……

我依旧听到了布谷鸟的叫声、蜜蜂的嗡嗡声以及麻雀的私语声，甚至还有邻家小狗的吠声……

只是我的内心却是无比的悲痛与沉重！我再也看不到那个我熟悉也最想看到的人了，我到底是不是在做梦？

我想要找回现实，我想要找回那些一直在脑海中浮现的画面，我想要那种能摸得着抱得住的真实感。我想奶奶，我想她，谁能告诉我，奶奶去哪儿了？为什么都不看我一眼？

　　身上的白衬衫在太阳的暴晒下显得格外刺眼，我挽起袖口蹲在门口，对于无意识地搅拌着土沙，思绪凌乱不堪。

　　父亲说得也对，享年八十二岁的奶奶基本上也算没受什么罪，想开点儿吧。父亲说，奶奶身体健康的时候，吃喝穿戴也还是比较讲究的，且儿孙满堂，都孝顺有加。虽然生病不由人，可自身体不适以来，儿女子孙轮流照顾不说，住院有陪护，回家有保姆，一直寸步不离地照顾着奶奶的衣食起居。在这期间，保姆换了一个又一个，价位涨了一次又一次，一直到奶奶走了保姆才离开。只是尽管如此，面对生离死别，我依旧难掩悲痛。回望着熟悉得不能再熟悉的屋子，却总是感觉空了一大块，所有人都围坐在一起吃饭，却唯独少了一个人……

　　我的心，仿佛是沼泽中的一双手，越是挣扎，越是深陷其中不能自拔。于是，有一根神经便不能触碰了，否则就会觉得不再是自己。要么沉默着若无其事，要么崩溃到歇斯底里。那种痛彻心扉的无措，那种无法言表的崩溃，唤起我内心癫狂般强烈迫切的想念，心底的痛，真的让我发疯、发狂。我不舍得，我不能接受！不论生前幸福也好，已然高寿也罢，我一生唯一最大的贪念，就是我爱的人与爱我的人可以永世常在！

　　我想奶奶，我想得不行，心底的痛让我无法承受。我知冷知热的奶奶，你在哪儿？你可知道我有多么多么的想你？我天天回来守着你，好想能够抱抱你。我亲爱的奶奶，你到底是去了哪里，去了哪里啊？

（四）

　　奶奶过世的第七天，晚上送行，第二天出殡。

这是奶奶在家的最后一晚了，大伯和父亲请了最专业的人给奶奶砌了极好的墓室，此后星空浩渺，天地苍茫，奶奶就要与那一方天地独自相对了。

那一晚，我彻夜未眠，任凭夜凉如水，我也要一炷香接着一炷香地坐在院子中陪着奶奶。每上一炷香我都会对奶奶说："奶奶，安心地走吧。所有你想见的人都来看你了，大家都很好，不要再惦记谁。一辈子爱了那么多人，好好爱自己一回。放心地走吧，早登极乐，再无病痛。记得，不要让我害怕，奶奶一路走好……"

第二天一大早，院中已经熙熙攘攘地站满了人。行过礼之后，奶奶生病多年来一直受累最多的女儿三姑已经哭得站不起来，我也曾一度哭到迈不开腿。

多少往事历历在目，说什么都不能相信奶奶这就要入土为安了。多少不舍如刀刻心，疼痛，早已不足以表达。

当灵车缓缓前行，我抱着奶奶的遗照一边哭，一边扶着哭得腿发软的三姑，直到两个人都摔倒在地上。

从来没有那么心痛过，也从来没有过那么多泪水。站在墓地，看着奶奶的"新家"，我听到身后很多人对墓室赞不绝口。虽然我并不懂，但是能够听到大家都说不错，我还是备感欣慰。奶奶一辈子爱干净、讲体面，我相信奶奶若泉下有知，也应该会满意的。

两天一夜没睡觉的我，眼睛胀痛得已经快要睁不开了，我紧紧地抱着奶奶的遗照，眼前一片恍惚……

（五）

奶奶走了，直到今天，我还依然觉得自己是在做梦。

我想奶奶，特别特别想。

奶奶虽为家庭主妇，但是一辈子精明强干，深明大义；与人相处有道，且爱子如命。除了自己的五个子女以外，还曾在年轻的时候替别人奶过一个孩子。那时候自己只有两个女儿，听闻爷爷单位有人因为工作无暇养育孩子的时候，正好在哺乳期的奶奶便把那家的孩子抱回来喂养，视如己出。直到孩子三岁以后，人家父母才来接走。可怜奶奶因为想念，不知道哭了多少次，去看了多少回。

　　然后就是我。当年轻的父母突然婚变的时候，时年已经五十四岁的奶奶，便毅然决然地将我留下抚养。在那个年代，没有奶粉这些婴幼儿食品，也没有热奶器、纸尿裤这些婴幼儿用品，五十多岁的奶奶一晚上最少要起床四五次给只有两岁的我冲奶粉换尿布。当过母亲的人应该都知道，不说别的，就只是这一晚上最少四五次的起床，对于一个五十多岁的人来讲，该有多的辛苦。

　　后来我长大了，有了自己幸福的家庭，但我依然在心里觉得有爷爷奶奶的地方才是我的家。多少年来，不论是上学还是后来工作，只要回家，我就想住在爷爷奶奶家。

　　曾经，奶奶说她不放心我，我钻进奶奶的怀里哭。从那时起我就想着，我一定要好好的，就算命运有所坎坷，我也绝不堕落，我一定要活出个样儿来，不负此生。

　　成年后我一直想有个自己的家，也感谢上天庇佑，赐我金玉良缘。遇见的时候，一见钟情，不论年龄，不问旁人，只要自己觉得好，就是最好。于是便许终身之约。

　　记得就在前些日子，那时的奶奶已经是躺在炕上整日昏昏欲睡了。有一天我回去看她，她便示意我陪她睡下，我睡在奶奶身边和奶奶聊天。那一天的那一阵儿，奶奶似乎清醒了很多，她对我说："你现在挺好，奶奶也就放心了，都挺好的，奶奶没什么不放心的……"

　　没想到，这是奶奶对我说的最后一句完整的话。此后的奶奶，逐渐开始变得咬字不清，昏昏沉沉，直到最后，更是一句话都没有给我们留下。

终究，我还是失去了生命中最爱我的人。我曾一度无法接受这样残酷的现实，恨不能同去。

但是冷静下来以后，可爱的女儿，唤起了我必须振作起来面对现实的勇气。生离死别，为人之最痛，可生命轮回，乃自然规律，不可逆。奶奶在天有灵，必然希望所有她爱的人与爱她的人都可以过得很好，所以我不能颓废。

人这一生总是要面对很多事情，多少过不去的坎儿，随着时间的推移也终究是过去了。奶奶不在了，还有爷爷。我会尽自己最大的能力照顾此后孤身一人却又不会做饭的爷爷。我会好好地活下去，绝不辜负此番生命的不易。

奶奶，请安息！

想念如寒风彻骨

一直以来，我从来都没有认真地考虑过生死大问，奶奶的骤然离去，于我，犹如当头棒喝，直击得我三魂丢了两魂半。我心痛如泥，悲伤如山，实难接受这残酷的现实。

尽管，我也曾害怕爷爷奶奶会离我而去，但我却从来没有冷静认真地去想过，倘若真有那么一天，我该怎么办？

奶奶走了，我疯一样地任心中的狂痛肆虐。我到处搜寻，想要找到奶奶熟悉的身影，可是任凭我的眼神多么迫切焦灼，心情多么犹如千刀万剐，都始终无处可寻。

奶奶离开的第一百六十八天，是星期一。早晨，我一醒来，就好想拿起手机，给奶奶打个电话，一如往常一样，问一句：奶奶，你这两天感觉怎么样，身体都还好吗？天气变冷了，多穿点儿衣服。腿还疼吗？上下台阶注意安全。想吃点儿什么？我给你买，过两天就回去看你，你好好的……

我想问，天冷了，你冷吗？你是不是也想我了，因为，我想你了……

每天晚上睡觉前，我都会深刻地想起奶奶，一想奶奶，我的心就像撕裂了一样生疼！于是，我就赶紧告诉自己要打住。我害怕啊，害怕那种思绪深邃的力量，会把我拉进一个难以逃出的深渊！

夜那么黑，黑得让人无助；星空静寂，我无处逃身！

这每一个日日夜夜，奶奶都如星空的光辉一样照耀着我，想要触摸，却又那般遥远。我要怎么办才好？那么想奶奶，我怎么办才好？

一百六十八天前，从小抚养我长大的奶奶，走了。

我清晰地记得，那是一个飘着细雨、夹杂着悲伤的下午，我在接到电话后，心急如焚、悲痛欲绝地往回赶。

我遗憾啊！每天都尽量跑回去看奶奶，却没能在奶奶生命的最后一刻守住她。我后悔啊！在奶奶病体孱弱的那整整一年，我工作在外地，没能好好地陪伴奶奶。就一年，我辞职回来，本以为奶奶还能多些时间给我，却不想奶奶会走得如此之快。

我深刻地记得奶奶陪我长大的那些日日夜夜。我记得奶奶在我生病时无微不至的照顾；我记得我上学寄宿时奶奶想我的每一滴泪水；我记得奶奶拥我入怀的温暖；记得奶奶熟悉的味道；记得当我逐渐长高，奶奶抬起头看着我时那每一次切切入心的眼神。

直到后来，奶奶病了。

我记得奶奶摔了一跤后不敢自己走路还不愿拄拐的倔强；我记得奶奶不想吃饭天天要人哄着的耍赖；我记得奶奶不停地让我给父亲打电话非要马上见到他的委屈模样；我记得奶奶把啃完的西瓜皮扣在脑门上看着我笑的可爱；我记得奶奶输液输到没地方扎针的那双像婴孩般的小脚；我记得奶奶后来在我的怀里睡着，嘴角挂着口水流在我肩头的情景；我记得奶奶每一次在我走的时候看着我，告诉我，让我记得有时间就回去看她的样子；我记得奶奶握着我的手，对我说这辈子对我放心了的那种踏实。我记得奶奶的所有，爱着奶奶的所有。奶奶你怎么舍得就这样走，都不等等我？

我也清晰刻骨地记着，当我大脑空白天旋地转般地再看到奶奶时，奶奶是多么无声冰冷地睡在那里。华丽的披风，我从未见过；织锦的帽子，紧紧地戴在头上；你紧闭着双眼，面容安详地沉睡。

奶奶，我回来了，你睁开眼看看我啊！看看我……

生平，从来没有那么一刻，让我想要发狂般地嘶吼，发狂，嘶吼……

我常常在午夜梦回的时候，看到奶奶熟悉的身影。每当那时候，我就不愿醒来，我想要多一点时间，近一点，再近一点地靠近奶奶。我努力想要真实地感受到奶奶的存在，我想要伸手触摸到奶奶的温暖，可是为什么每一次，奶奶都与我保持了距离？

自奶奶离开后的这些日子，多少次我在夜深人静的时候，睁着双眼环视着家里的每一个角落。我拼命地想要唤醒自己的某种灵识，渴望能够看到奶奶来到我的身边。

我始终不相信奶奶已经离开了我们全家，每一次回到那个熟悉的家里，我都能感受到奶奶残留的气息。我们全家那熟悉的味道，一直围绕着我。可我找遍家里家外，就是再也找不到奶奶在哪里，只有一张黑白的照片，冰冷地立在那里。

于是，我紧紧地将那相框抱在怀里，抬起头，让眼泪倒流。心底的伤痛，就仿佛被盐水浸泡般疼到溃烂。我想大声呼唤："奶奶啊，我的奶奶！你可知道我是多么多么的想你！"

奶奶是我无比深刻想念的人，她曾是我生命中最亮的星星，照亮我成长的道路。而今，奶奶却像流星一样陨落了，丢下了奶奶她曾经最不放心的孩子，不知去了何方。

奶奶可能不知道，这些年来，我已经习惯了有她，突然间没有了奶奶，我的内心是多么慌乱，多刺痛啊！

我想奶奶啊，我想啊！

任凭我再忙碌，想奶奶是我每天的必修课；任凭我再坚强，思念的洪流都会决堤而泻！

夜那么深，心那么痛，就像这寒冷的风一样，彻骨……

鳏寡孤独

（一）

自从奶奶离去，爷爷悲伤入心，整日愁眉不展，再无笑颜。一直以来，我们最担心的，就是刚犯了几次心脏病的爷爷，会承受不住奶奶离去的打击，有个三长两短。好在，爷爷还算坚强，扛住了。

奶奶是第二天入殓的，入殓之前，奶奶就一直睡在后炕的门板上。空寂的大院，瞬间就多了几分特别的不自在，且有点莫名的紧张。入殓那天中午，大家吃过了饭，都回各自房间休息。我睡不着，揣着时刻难过的生不如死的碎心，在院子里不停地踱步。奶奶睡着的那屋，略有几分不敢进去，但又忍不住想去看看。三姑也去隔壁大伯那屋躺下了。只有爷爷，拉了个枕头，紧挨着蒙着脸的奶奶，发出了香甜的酣睡声。

奶奶出殡前一晚，鼓乐手一直吹吹打打到凌晨四点，所有的人都担心爷爷一晚上被吵得睡不好，会吃不消，劝他去后院侄儿家休息，好歹也没那么震耳欲聋。但爷爷说什么也不肯走，他坐起疲惫的身子，灯光下，一脸的憔悴，小声又坚决地说："不用了，就在家睡。最后一天了，我得守着，不能离开。"

那一刻，我为爷爷的深情，感动又刺痛。我心疼他，我不知道爷爷的心里，到底得有多难过。

第二天，出殡，所有的人都去了墓地，只有爷爷一个人守在家里。等我们从墓地回来，爷爷正在路口独自徘徊，远远看去，消瘦的身形，满是凄楚与孤独，两只放在身前不知所措的手，握在一起，满是强装的坚强。看到我们回来，爷爷投来了寂寥并且无助的眼神，那满是皱纹的脸上，瞬间就觉又苍老了许多。

爷爷说，按照老讲究，老人离去三个月之内，不许空家。

起先几天，大姑和三姑陪着爷爷，一起睡在那个满是幻影与回忆的屋子里。再后来，就是父亲和大伯他们轮流每天回去。当然，还有我，虽然我不方便住夜，但白天送完孩子，还是可以回去陪陪爷爷的。

我知道，爷爷的心里苦。

他不会做饭，一辈子做不了那顿饭。奶奶这一走，若没有人每天回来，他连饭都吃不上。父亲母亲早就给爷爷说，等奶奶过了百天，就接他过去一起住。天越来越冷了，长期两地跑，也不是个事儿。

但爷爷却说什么都不答应。尽管他知道自己不会做饭，一个人生活困难，但要强的爷爷，还是觉得自己住着更方便、更自在。爷爷总说，住个三天两天行，住久了彼此不方便，还容易有摩擦，招嫌弃。

其实，我一直觉得，爷爷的顾虑，是有道理的。但道理归道理，眼下，爷爷安好稳妥的生活，更为重要。我们都希望爷爷能同意奶奶百天以后，可以离开这个时时刻刻令人触景生情的院子，哪怕是儿女轮换，都是一种办法。但爷爷倔强，始终不肯。

不过，随着时间的推移，和我们大家的开导，爷爷的状态倒是逐渐好转。爷爷是个热爱生活的人，别看年纪大了，但他对生活的美好憧憬，以及对生活的热情，丝毫不减。

奶奶的百天，在全家人跪在坟前的一阵痛哭声中拉上了帷幕。打那以后，连跑了三个月的父亲母亲，以及大伯他们，在爷爷好转的状态下，也渐感跑得疲了、倦了，回去的时候也就少了许多。

在这期间，三姑也经常抽空回去，我也经常回去。

一般，我都是早上把孩子送去学校，然后买点新鲜蔬菜、吃食，或者再捎一只瓦罐煨鸡，满怀着对过往的回忆以及对爷爷奶奶感恩的报答之情，往回走。

经常，我的心被过往的回忆敲碎了一路。我一路走，一路抹眼泪。对奶奶的想念，对爷爷的疼惜，对很多事情的无能为力，真的让我好难过好难过。

当车子驶进村庄，我减速慢行，在街道两侧搜寻着爷爷的身影。常常，爷爷不是穿戴整齐地坐在街道的一侧晒太阳、聊天，就是一手拎着小凳子，走在正准备出来小坐一会儿的街口处。每次看到爷爷，我都觉得心中顿时暖融了起来。奶奶不在了，我还有爷爷，我要好好爱爷爷、照顾爷爷，就像儿时他爱我一样。

于是，我靠边停车，把看到我回来笑得像孩子一样的爷爷，小心地扶上副驾，带回了家。

其实，我并不太会做饭，而且，我特别不喜欢做饭。但唯独，我愿意极其用心地给爷爷做饭，用尽所有认真和努力。

每次，爷爷都很开心。自从奶奶走后，爷爷几乎酒不离饭。尤其是中午吃饭的时候，尤其是我回去给做了新鲜饭菜的时候，更是必喝二三两不可。

爷爷有心，我回去做饭，爷爷总也不歇着，守在我身边，看能帮我个什么忙。以前奶奶在的时候，总说爷爷什么都不干，其实，爷爷从来没闲着。吃过饭后，爷爷还说我累，要给我洗碗。我怎么舍得？

我告诉爷爷，回来就是伺候您的，这是应该的，您就只管吃，只管喝。爷爷泛着红晕的脸，便露出知足的笑容，直说他这孙女儿没白疼。

（三）

奶奶的遗照，就像定格在时空的丹青，就那样，清晰又冰冷地摆放在大红柜上。每次回去，一进院，看到熟悉的房屋、熟悉的门窗，就连那抹泼洒在院中的阳光，都是熟悉的。熟悉得让我产生错觉，产生幻觉。我总觉得，奶奶还坐在原来她经常喜欢坐着的位置，看着我走过来，冲着我笑；我还觉得，奶奶就在院子西南角的厕所，刚起身的奶奶，正一边提着裤子，一边看着我。透过洁净如镜的玻璃窗，我使劲地眨了眨眼睛，没有看到奶奶的身影。我在心里想，许是奶奶出去了，一会儿就回来。

可是，一张黑白冰冷的照片上，一张熟悉的脸映入眼帘，顿时让我一阵头晕目眩，悲不可抑。

我几乎从来不在爷爷面前哭。我知道，每天一个人守着这个空家大院的爷爷，他比我更痛苦、更煎熬、更可怜。但爷爷却三句话不离奶奶，总是守在我身边，对我说着以前你奶奶这样，以前你奶奶那样，就像那关不住的水龙头，没完没了，却又不知不觉。

经常，听得我已经是肝肠寸断、心碎如泥、泪眼朦胧了，但我还是忍着、装着，以最适合爷爷的方式接着话，宽慰着。

我知道，爷爷想奶奶，他太想了。我都不知道那些无人陪伴却有无限回忆处处伤情的夜晚，爷爷一个人都是怎么熬过来的。

看着爷爷酒足饭饱后，像个孩子一样，因为有我回来而特别欣慰踏实地酣睡在铺满阳光的大炕上，一道道皱纹，就像奶奶离去的伤痕，就那么深深地刻在爷爷的脸上，真的，我心疼。

我总是趁爷爷午睡的时候，一边陪他，一边给他洗替换下来的衣服。爷爷向来爱干净、讲体面，即便奶奶走了，家里也一直维持着原来的一尘不染。柜子里自己的衣服，总是叠成豆腐块样，一摞一摞地放着。换上一套中山服，爷爷还不忘站在穿衣镜前左右照照看，一辈子苗条纤细又笔直的身材，即便已到了八十多岁，亦是风采依旧。

看着爷爷高兴的样子，我的心里，甚觉欣慰。父亲三姑他们也觉得，爷爷最近的状态极佳，照这样子下去，活上百岁，都不是问题。

（四）

一直以来，奶奶病体孱弱，时有复发，大家都只顾着照顾奶奶，忽略了爷爷，也总觉得爷爷向来硬朗，不必太过操心。

奶奶走了，大家悲痛欲绝，在担心爷爷的同时，各自也才逐渐地接受现实，逐渐地缓和着内心承受的打击。仿佛，昨天的怆然泪下，只是一场梦境，恍惚之间，让人们忘记了岁月依旧在流逝，依旧那么无情。

春暖花开的时候，父亲曾再三想接爷爷出去走走。毕竟这些年，奶奶不论是看病住院也好，还是儿女家串门子也罢，总是扔下不会做饭的爷爷说走就走。爷爷不知道吃了多少剩菜剩饭，又不知道凑合糊弄了多少顿餐食。现在，奶奶走了，爷爷是唯一的老人了，大家都想以后能多些时间，多些安排，好好照顾照顾爷爷，心疼心疼他。

于是，在我和爸妈及三姑的再三劝说下，爷爷好歹是去了几趟父亲家。但去归去，爷爷不住，当天还是要一个人住回大院。为这事可是气坏了父亲，觉得不能理解。父亲总说，只怕没人稀罕，但凡有人捧着宠着，为什么还非要走，就不能住上几天……

但不论你说得天花乱坠，爷爷就是不住。

好在，爷爷还来我这儿住过两天。对我来说，能在我这儿住上一晚，已经算是给我这个做孙女儿的天大的面子了。尽管只住一晚，第二天就要回。但我想，只要能住一晚，于爷爷的性格来讲，就是突破。总需要慢慢来嘛。

爷爷来的那两次，我带爷爷出去吃饭，陪爷爷逛公园。爷爷还起大早陪我送孩子上幼儿园。我让爷爷舒舒服服地在家洗了个热水澡。站在浴室的爷爷，一直洗一直冲，直到热水器的热水都用完了，站在里面喊我，我进去，穿着内裤的爷爷，在我开着的四个暖灯下，略显佝偻着瘦干的身体，告诉我，没热水了，不过也搓洗完了，爷爷就这么擦一擦就好了。

说着，爷爷拿着我给备好的毛巾，擦着裸露的胳膊和皮包骨的肩头。我赶紧找了珊瑚绒的睡袍把爷爷裹起来，爷爷笑呵呵地说，这是件好衣服，绵乎乎的，好衣服，哈哈哈……

爷爷开心地笑着，一脸幸福地将衣服穿好，我把爷爷带进我的卧室，打开小米盒子，有爷爷最爱看的《武林风》，爷爷便坐在床边上看得忘乎所以，还时不时自言自语地发出各种赞叹声。

我拿了剪指甲刀，让爷爷坐到床里边去，然后，便抱着爷爷的脚，挨个地把脚指甲都剪好。爷爷对《武林风》如痴如醉，迷得仿佛全世界只剩下了他一人似的。直到很晚，才恋恋不舍地关上电视机，被我送去客卧安顿睡下。

爷爷病了

（一）

2016 年 11 月 17 日，中午，八十二岁的爷爷突发脑梗。

那天下午，我在某学校高二班有个文学讲座，事发的时候，父母出于我与校方已约定好多日，不好突然有变，便没有第一时间告诉我。直到第二天一大早，母亲才打电话给我，说爷爷在昨天准备做午饭的时候，突发脑梗，一个人摔倒在院中。幸得隔壁邻居听得爷爷尚且意识清醒之下的呼喊，才找人抱回家中，遂联系了父亲和在医院上班的三姑，三姑随即跟着救护车将爷爷接进医院急救。

这个消息于我来讲，实在是太意外、太突然了！前两天还回去一起吃饭，爷爷的精神状态那么好，怎么会突然发生这样的事情呢？

那一瞬间，仿佛晴天霹雳，震到了我的脑袋，我感觉一阵眩晕，心慌无措，扶着楼门蹲在墙角，泣不成声。听到我急切的哭声，母亲说我情绪激动，打个车去医院吧，不要开车了。我靠着墙，拿着电话，告诉母亲没事儿，然后我便眼泪一把鼻涕一把地开车往医院赶。

我家距离爷爷所在的医院并不远，可我却心急如焚，每一个红绿灯都恨不能飞过去。

一路上，奶奶离去前病重的过程历历在目，爷爷发病的日子，刚好距奶奶离开的我们的时间六个月整，一天都不多。我难以想象爷爷一个人摔倒的情景，更不知道此刻情况如何。

等我急切地赶到医院的时候，父亲、大伯、三姑，所有家人都在，爷爷却在重症监护室里，不能得见。

我站在重症监护室的门外，抬头看着微亮的灯光照射着 ICU 几个字，生平从来没有任何时候，能比得过那一刻想要看到爷爷的迫切。

我用手摸着 ICU 病房的玻璃门，腿软无力。我扶着墙，难抑心中的疼。可怜的爷爷，自从奶奶离开后，一个人就是逞能地坚强着。之前曾经一辈子不会做饭的爷爷，却每天一个人独守着那个空家大院，笨拙地料理那一口吃食。如今，却一个人摔倒在院中。是求生的渴望，让他在摔倒后肢体不听使唤的情况下，大呼隔壁邻居，也就是他的侄儿、我的大伯。

幸亏，是摔倒在敞开着大门的院中；幸亏，隔壁大伯恰巧那时也在院中，及时听到呼叫；幸亏，那几天天气还不是特别冷。否则呢？

假如摔倒在院中，隔壁家中无人，或有人也只是在屋里；假如摔倒在家中，叫天天不应、叫地地不灵，又几天没有人回去；假如天气很冷，正如近日零下好几度，摔倒院中没有被及时救起……

虽说已是万幸，但正是那诸多的不堪设想，更加让我心痛难当。爷爷一辈子辛劳持家，儿孙满堂，何以如今受如此委屈和痛苦？

那一晚，我在三姑的协调下，被安排进了本不需要家属陪护的重症监护室陪夜。我守在爷爷身边，握着爷爷的手，看着一下子就被病痛折磨得面目全非的爷爷，心如刀剜。

爷爷含糊不清地喊着我的小名，一声声地向我要吃的。他说他饿，要吃个馒头，饼干也行。爷爷还推我，让我去给他沏壶茶，他要热乎地喝上一口，吃好喝好了，病才能好。

爷爷的左半边身体已经失去了知觉，唯剩右手右腿还能活动。爷爷一边不停地含糊着念叨，一边不停地在空中挥舞着右手，右腿不停地踢着被子。那整整一晚上，爷爷几乎都没有睡一下。是病痛的折磨，让爷爷无法安静入眠；也是病痛的折磨，让爷爷只觉得饥渴难耐。事实上爷爷也确实应该是饿了，从中午发病后便再也没有吃过一点东西，血栓对神经的大面积损伤，导致爷爷失去了吞咽功能。不仅如此，还引发了一系列的生理应急反应。三姑说，别说爷爷八十多的年纪了，就是年轻人，面对如此大面积的脑梗死，都是很难扛过去的。

我们都不信，我们一直都觉得爷爷会好起来的。所有人都还有太多想说的话，太多想为爷爷做的事，都还没来得及，都想着爷爷好了以后一一实现。爷爷一直那么精神、那么硬朗，我们都不相信爷爷会就此被打倒。爷爷在重症监护室里住了近一个月，在这期间几度起伏，大家都不曾放弃，无论如何，都一定要把爷爷治好，不论代价。

（二）

一转眼，爷爷已经入院半个多月了，却依旧未见明显好转。

想想爷爷之前那精神抖擞、穿戴讲究的样子，如今却是卧床难起，胃管流食。其实，说流食都是好的，刚入院多少天以来，都只是靠挂液体维持，近几日才凑合能进一点点米汤，加些许牛奶而已。

住院的这些日子，爷爷每每说着想要好好吃口饭，想要吃个馒头喝碗粥的时候，我的心就像被刀剐了一样生疼。一直以来，山珍海味也不是吃不起，可是家常便饭也无人做，又有什么用？

自从半年前奶奶离开了我们之后，爷爷就陷入失去老伴儿的悲痛之中。爷爷是个要强了一辈子的人，可以多吃苦，但绝对不能比别人差。

　　奶奶走后，儿女们一直希望只身一人的爷爷可以跟他们生活在一起，可爷爷总说，跟谁在一起也不如自己在家，金窝银窝，不如自己的狗窝。跟子女们在一起，短时间或许可以，时间长了，必然惹人嫌，彼此不方便。所以倔强的爷爷，之前都不会做饭，八十多了，却一个人才开始学着给自己整那一日三餐。

　　过去每次我回去，都可以看到爷爷把自己收拾得干净利索，衬衫从来都是雪白的，袜子从来都不会有一点臭味，年纪大了，眼睛花了，但是脚指甲都剪得干净利索。家里永远都像奶奶还在时的样子，一尘不染。唯独一日三餐，对于他来讲，终归也是一件麻烦的事情。但是没办法，自己不愿意跟随子女，就只能自己想办法。

　　前些日子回去看爷爷，爷爷和我说，村子里有人和他聊天，问他每天怎么吃饭呢？他说有剩饭就自己热剩饭，没有剩饭就自己做。村里的人说，老吃剩饭身体会受不了的。爷爷说一个人了，没办法。村子里就有人说，自己每个月那么多退休金，条件又好，干脆再找一个吧，肯定有人愿意的。又有人说，那得什么样的人才能进得了人家的家门？人家那可是出了名的讲究、爱干净，一般人弄不成。

　　这话爷爷和我讲的时候，我心里其实略有心动，想着是不是真的可以考虑。但又想到爷爷子女好几个，有一个人不赞成就不行，毕竟爷爷已经八十多了，年纪还是大了点。于是我就顺着爷爷的话说，确实也是，一般人来了你也未必能接受，何况子女儿孙这么多，你跟着我们一起生活多好。别人顾不上，还有我，我不上班，平时你孙女婿也不在家，你就跟着我，住我那儿去，我也方便照顾你。

　　爷爷呵呵地笑着，说他不想和孩子们在一起，只想守着自己的家。

　　我全然没有想过，爷爷在说这些话的时候，是不是有一种试探心理？是不是他已经有了自己的想法，只是有点不好意思，又出于对子女态度的考虑，而难于直言？

奶奶刚走那三个月，天气也暖和，大家也担心爷爷受不了打击，所以我们都频繁地往回跑。奶奶百天以后，逐渐地，天气冷了，人们也都接受了奶奶离去的事实，看着爷爷的心情和状态似乎也好了很多，大家也都有工作，慢慢地，都恢复了平日的正常生活。一到星期天，就轮流回去，平时，就只有爷爷自己。

而我，也因为个人散文集的出版发行，变得忙碌了起来，一时间，也有点忽略了爷爷的孤寂。只感觉爷爷最近状态特别好，不必过多担心。

谁承想，可怜的爷爷，会突发脑梗，变成现在这个样子。

那天下午探视时间，我和父亲去看爷爷。

胃管里依旧是红色的液体，胃还是在出血，都已经快要一周了。

我喊着爷爷，告诉他我们来看他了。他微微地睁开眼睛，含糊不清地应了一声。

我和父亲给爷爷按摩他失去知觉的左腿左手，爷爷睁开了水汪汪的眼睛，有眼泪顺着眼角缓缓地滑落。然后爷爷就开始说话了：

村子里某某问我，一个人每天怎么吃饭呢？我说有剩饭就热剩饭，没剩饭就自己做点。某某说，老吃剩饭身体会吃不消的。我说一个人了，没办法。村子里就有人说，自己每个月那么多退休金，条件又好，干脆再找一个吧，肯定有人愿意的。

这些话我都听过，居然和之前说的一模一样。爷爷又说，别人都给问了，有人愿意来，伺候我这个老汉，一个月给她五百块钱，她还愿意和我结婚。

听到这些的时候，我才知道原来爷爷是多么想给自己孤寂的生活找个伴，能吃个方便饭。原来他之前和我说起这件事的时候，其实是希望得到一种支持，而我却以为爷爷在给我闲话家常。

父亲对爷爷说，那你既然有这样的想法，为什么不早说？

爷爷说，现在也不晚，你们给我雇。

父亲说，你之前也不说，早知道就给你找一个做饭的。现在也不晚，你好好养病，等你好了，咱回去找一个，结婚。

我到三姑科室，和三姑说起爷爷刚才那番话的时候，三姑的眼泪啪嗒啪嗒地往下落。她说之前爷爷和她也说过，当时她和我一样，觉得毕竟年纪大了，子女这么多也不在身边，找个什么样的人能合适？所以三姑当时也是什么都没多想，就直接和爷爷说，年纪都这么大了，再找年纪小的，未必愿意来，年纪大的，她伺候不动你，回头她有个什么事，我们还得照顾她。所以当时的三姑也是一带而过，没有认真思考。

直到现在才知道，一直以来，我们都认为爷爷年纪大了，其实爷爷自己根本就不觉得自己有多老。他知书识礼，虽然生活在农村，但是个人生活讲究了一辈子，精致了一辈子。尽管已年过八旬，但他依然对生活充满美好的期待与向往，依旧追求生活的品质。再加上他自己的退休金每个月好几千，这对于一个农村的老人来说，条件确实不差，说不定真就有人愿意进门，跟爷爷搭个伴过日子。

虽说子女众多，儿孙满堂，可大家都有各自的家庭与工作，一个星期才见一次，对于他老人家内心的那份孤寂与日常生活中的困难来讲，又有多大作用？

自从奶奶走后，爷爷就一个人独自面对着那个到处都是回忆的大家大院，他的悲痛，他的思念，他的孤寂，他的无助，又有谁能真正体会？

如今，那么一个对生活充满美好幻想与期待的人，就变成了身处重症监护室，一副意识欠清、一切都不能自理的模样，然后嘴里重复不停、不分昼夜地念叨着他这点小心事，让人多么痛心和难过！

过去这些年，奶奶一直身体不适，大家都顾着照顾奶奶了，都顾不上爷爷。现在奶奶才走了刚刚半年，大家都还没顾上好好心疼一下爷爷，爷爷就成这样了。

后悔啊！为什么没有在他好着的时候多一点时间去陪陪他？为什么没有多倾听一下老人的心声？在他说出别人给他说让他找个老伴儿这件事的时候，为什么没有多问一句，你是怎么想的？

原来爷爷并不是没有自己的想法，原来爷爷一直都渴望大家为他想着这件事，他在期待大家的赞同与支持，他渴望大家设身处地地为他安顿每一天。

他要的是自己独立的生活，而不是大家只站在自己的立场上，自以为是地把他接来和谁在一起生活。又或许，他执意不肯跟谁走，就是希望大家能够反应过来，给他另外一个安排。

可惜，一切都晚了，现在才明白，是不是有点晚了？

医生说爷爷再也不可能恢复如初了，就算意识完全清醒，恐怕勉强能走几步就是最好了。不知道清醒后的爷爷，体面要强了一辈子的爷爷，面对行动有所不便的自己，会不会再受打击？

祈祷，爷爷能好起来，一定要好起来！

到时候，凡事征求爷爷个人的意见，倾听老人家内心的想法，想要怎么样都依从，只要他晚年开心快乐，比什么都好。

至此，我终于明白，为人子女，永远不仅仅是说你有多少钱，给他买了多少吃喝和穿戴的，还要多和他进行心灵的沟通，多了解他内心的需求与精神的渴望。

老人需要的，不是子女的数量，也不是子女的金钱物质，他更需要的是陪伴，贴心的温暖，与知冷知热的照顾。子女不要一切都自己以为应该这样应该那样，老人虽然老了，可他依旧有自己的想法和心思，条件允许的情况下，多倾听他的内心，多依从他的渴望，多给时光有限却付出了一生的老人以更多的重视和关心吧，不要留下太多的愧疚，抱憾终身。

时光知味　过往难寻

大雪时节，严寒已近，此刻，放眼望去，万木萧瑟，繁华尽褪，素颜以对。你看那依旧伫立在道路两旁的大树，只一个季节的轮回，就让它不再有往日的青葱苍绿，此刻，落叶飘零，形瘦如柴。

就好像一个人的一生，当青春已成为遥远的过去，一生的风雨阅尽，一生的时光交付，此时，仿若到了万物凋零的冬季。一生的辛劳与耕耘，已是万粒归仓，各得其所，却唯有自己，竟有了几分鳏寡孤独的况味。

只是，大树叶落，来年还有再绿的时候；冬季再冷，春天也会如期而至。可倘若人生已至寒冬，是否还能再来一春？

时光知味，过往难寻，站在这个冬季的严寒中，我用大衣裹紧心口的疼，本想泪水可以温热这个冬季的凉薄，却不想泪痕未干，泪已成霜。

人生总有那么些时候，太疼的伤口，你不敢去触碰；太深的悲伤，你不敢去唤醒；而太残酷的现实，你不敢去面对。

就是在去年这个时候，奶奶病重，所有家人都在医院进进出出，一时之间，仿佛那间病房，是我们所有人的另外一个家。那时候的我们，都以一颗无比迫切的心情，期待着一场枯木逢春。

那时候，从未思考过生死大问的自己，发自内心地茫然，从来没有认真地想过，有一天，奶奶会真的离开。

人，总是很容易让习惯成自然，任何一件事情，骤然发生的时候，反应强烈，难以接受，可当日复一日之后，就会麻木。虽然当时的奶奶病体羸弱，情况时好时坏，但我却一直觉得那都是因为年纪大了，即便抱恙，也会就那样一直将养下去。直到奶奶突然离去，我才如梦初醒。

都说，人生如戏，可我更觉得，人生似梦。一梦花开，一梦花落，有时候梦境转换得太快，你就会分不清孰真孰假。

所以，直到今天，我都混混沌沌，时常在心里问自己，奶奶真的走了吗？

就在我还来不及仔细确认内心这份疑惑的时候，我的爷爷，就重演了奶奶的一幕。

爷爷住院已经二十多天了，虽然从重症监护室转入了普通病房，可是这么多天了，依旧不见明显好转，甚至是各种并发症此起彼伏。直到今天，已是发烧三日不退，这让我的心情无比沉重。

每天去医院，看着爷爷瘪塌的嘴，含糊不清和我说话的样子；看着爷爷充满渴望的眼神，让我给他找衣服穿上，搀他起来走走，说活动活动他就能好得快；听他仿佛意识清楚了很多地问我，早上吃了什么？他说他好饿，二十多天了不给吃不给喝，快要把他饿死了。看着他本就消瘦的身体，这些日子更是瘦如枯木，听他说着这些让人心疼的话，真的，别提内心有多难过了。

直到今天，我才听在医院上班的姑姑说，爷爷早已是下了病危通知书的。这些日子，爷爷的情况也是一直不好，现在又开始发烧。爷爷的身体已经出现了耐药性，很多药用进去都没有作用，所以发烧一直得不到控制。姑姑说，她实在是一点办法都没有了，一切，只能尽力而为。

这些话，好刺耳。

听姑姑说了这些话以后，我的心疼得快要窒息。

我依稀记得，就是在去年的这个时候，奶奶住院期间，姑姑当时也说过类似的话。

于是，我满心慌乱与焦灼，我不知所措，我无所适从。在回家的路上，眼泪一次又一次地模糊了我的视线。

就是在一个多月前，爷爷还在我这里住了几次。回到家，我看着爷爷住过的卧室，仿佛看着一向穿戴整洁的爷爷乐呵呵地走出来。

我庆幸，向来倔强不肯和子女住在一起的爷爷，他能听我的话，跟着我来。我把爷爷当成孩子一样哄，陪他逛公园，带他吃好吃的。他所有的迟钝与笨拙，在我眼里都是一种可爱，他不会什么我都不怪，不懂什么我都不烦。我爱爷爷，不忍心责怪他分毫，他已经八十多了，哪里不好我都不介意，我只希望他开心。他爱看《武林风》，从来不喜欢别人随便动自己床的我，乐意让爷爷在自己的卧室，躺在床上，舒舒服服地看他的《武林风》，然后我抱着爷爷的脚帮他剪趾甲，看爷爷开心地笑，听他给我介绍每一位厉害的拳击手，尽管，我一个都不认识。

我悔恨，没有多把爷爷哄来几次，甚至干脆，就坚决一点，不送他回去好了，反正平时我也只有自己一个人，就让爷爷和我住下，多好。可爷爷总是惦记着家里养的小狗，那是自奶奶走后，他一个人在家时唯一的活物、唯一的伴儿，我又不舍得太过勉强他。直到后来，我的教文集出版后，一时忙碌，爷爷也以天冷不想让自己的家几天没人后回去太冷而推托再来。

是爷爷一向的健步如飞欺骗了大家，让大家总以为即便多年高血压、心脏房颤，但状态极佳，不必担忧，所以才放松了警惕。

本来我还想着，冬天寒冷，也就算了，以免感冒。待到明年春暖花开，我就可以多接爷爷过来。这么多年都顾着奶奶，都没有好好地顾一顾爷爷，现在奶奶已经离开，爷爷出门便再无牵挂，我就可以好好带着爷爷吃喝玩乐一番。谁承想，意外来得如此之突然。

病来如山倒，它仿佛是一场疾风骤雨，硬是把一场旺盛的花红无情相摧，还极尽残酷之能事，汹涌无比。

岁月总是无情，时光却不能无痕，然，多少美好的过往，却已难寻。

花开有时望春归

当人们还沉浸在过年的欢乐中时，我却满心悲伤，焦灼难耐。面对新春的欢颜，迎合，却是连伪装都难以做到。

总想去医院多看爷爷一眼，可是去了，却又不知该做些什么，能够让爷爷好起来。看着病床上的爷爷，瘦骨嶙峋，憔悴不堪，那张爬满岁月沧桑的面孔，时不时地一阵抽搐，痛苦，显而易见。

我将搓热了的手掌，轻轻地放在爷爷的额头上，轻抚过爷爷的脸颊。爷爷闭着眼睛，把头微微地向我这边蹭了蹭，却没有足够的力气睁开眼睛看看我。

此时，心疼的感觉，透过指尖，遍布全身，心头涌起的悲伤，却化作无声的血泪，倒流进心底。每每看着爷爷的病容，我的脑海里总是浮现出爷爷没有生病时候的样子，洁白的衬衫衣领，整齐地翻在毛衣领外，笔直的裤线下，是一双连鞋帮都没有一丝污痕的鞋子；盈盈一笑间，一排洁白而整齐的牙齿，温暖而慈祥。尽管那都是假牙，但却让爷爷看起来年轻了十岁。一向身轻如燕、状态极佳的爷爷，怎么就会一下子变成现在这个样子？

两个多月了，病情一再起伏，却是束手无策，只能眼睁睁地看着一副血肉之躯煎熬成了皮包骨，那是想哭却无泪的惆怅，更是心痛却无言的绝望。

拈花有意风中去，微笑无语须菩提。念念有声灭四相，弹指刹那几轮回。

为什么人总要面对生老病死？为什么昔日的记忆仿佛如昨，现实，却已是悲喜两重天？

我可怜的爷爷，到底什么时候才能好起来？我亲爱的爷爷，你能不能争口气，一定要好起来！

我好想念那个会和我说心里话的爷爷；好想念那个为他换洗了衣服就会开心地去照镜子的爷爷；好想念那个洗手会给我加热水，喝水会给我沏好茶的爷爷；我想念那个不让骑自行车还要偷着骑的爷爷，想念那个一天没有酒就不开心的爷爷；我想念那个喜欢吃我做的饭的爷爷，想念那个看着《武林风》就激动得手舞足蹈的爷爷……

卫生间还挂着爷爷的擦脸毛巾，那是他来我这儿小住时用过的毛巾。我一直都没有放起来，是因为我一直都想着，等天气暖和了，爷爷愿意出门了，我好再把爷爷接来，做新鲜的饭菜给他吃，任由他霸占着电视机全神贯注地看他喜欢的《武林风》。我想告诉爷爷，我家用的是小米盒子，想看多少期都有，只要爷爷喜欢，我让着您。我还想告诉爷爷，不要多心见外，无论您是多么的笨拙、多么的不懂不会，我都不会嫌弃，您就放宽心，好好地陪我住着，全当是我报答您从小护我爱我的恩情。您是我的骄傲，即便现在老了，在我眼里也是最可爱的。奶奶已经没有了，我希望您，我的爷爷，能多陪陪我。

抬头，仰望夜空，一颗星星都没有，满目荒凉。我深深地将头埋进怀里，眼泪无声地滑过脸颊。此时，一颗脆弱的心，像是一个置身荒野的孤影。苍茫的夜色，弥漫着刺骨的冰冷，令人窒息的刺痛，让我找不到方向。惊慌，衍生出莫大的无助，我恨不能仰天长啸，释放内心深处那份无法承受的难过与担心。

惆怅东栏一株雪，人生看得几清明。奶奶离去的悲痛还不曾淡去，何以，爷爷又如此这般？我这生命中最亲最亲的人啊，连着筋、扯着肉的痛啊！我到底要怎样，才能逃离这悲情、这残酷、这痛苦、这惶恐？

还记得奶奶生病的那段日子，每次回去看望奶奶，走进院里，我就会出现奶奶健康依旧的幻觉，觉得透过玻璃窗的家里、院子里，到处都有奶奶小脚蹒跚的身影。看到我回来，她驻足，回头，看着我笑。走进房间，却看到爷爷在拿着吸管给奶奶喂牛奶。我常常分不清幻觉和眼前，哪个是真，哪个是假。

而今，我只要一离开医院，就会觉得爷爷生病只是一个噩梦，我知道，爷爷还在家好好的，尽管奶奶离开了，但爷爷依然守着那个大院子。他戴着老花镜在房檐下看书；然后笨拙地为自己做了一口饭吃，虽然饭不怎么样，但依旧免不了一口好酒。然后，爷爷美美地睡了个午觉。爷爷坐在午后的时光里，只影品茶；爷爷锁上门，去大街上和闲聊的街坊们唠会儿嗑；接了个电话，说明天有人回去给他做饭，他开心地笑了，终于可以少愁一顿饭了。夕阳西下，爷爷回家了，将一轮明月关在窗外，月光透过窗棂照进屋子，显得冷冷清清的。他打开电视机，不停地换着频道，然后便与沉闷的时光一起安睡在苍茫的夜色下。

爷爷乐观、坚强，尽管经历了失去老伴儿的痛苦，但他对生活依旧充满了美好的期望。他是村里少有的拿退休金的老人，他自豪，他骄傲，他觉得自己一向硬朗，只要学会了做饭，就一定可以把一个人的小日子过得有声有色。

是的，我们都相信爷爷可以，我们都觉得爷爷状态极佳，美好的生活，并不会因为奶奶的离开而终结。

谁承想，生命如此无常。

爷爷，新的一年已经开始了，你知道吗？寒冬已去，春将至，你可曾感受到春意盎然的召唤？

好起来，我们所有人都对您抱有极大的期望，我们不会放弃，您也不要放弃，好吗？

花谢花会开，只要春来到。

爷爷走了

当初，爷爷被疾驰的救护车接走，那刺耳的救护车鸣笛声，震碎了整个村庄的宁静，也惊得一路的尘土四下乱窜。

而今，爷爷又被戴着黑色布花的专车送回。一路沉静，一路冰冷，再也惊不起一丝尘埃。

本来，我也想随爷爷的车一起回去的，但父亲让我去病房收拾东西。

只有爷爷一人住的病房已经杂乱不堪，乱七八糟的东西，横七竖八地躺在地上，就像是一个个没有了呼吸的尸体，任人摆弄。我的大脑一片空白，连混乱都没有。我根本就不知道除了最想带回家却已经停止了呼吸的爷爷以外，剩下的一切，还能有什么重要的？

爷爷还没穿几次的毛呢外套，崭新地放在一个手提袋里，我拿出来看了看，平整得就像爷爷过往的生活，不允许有一丝皱褶。我把它送给了爷爷的护工。给爷爷买的两桶蛋白粉，也被护工放进了他的行李。至于其他，脸盆、毛巾、裤子、秋衣、奶粉等所有的东西，我都不想去收拾。留下吧，这一切都已经没有任何意义了。

等我匆忙地赶到家的时候，爷爷已经睡在了后炕的门板上，一身崭新的老衣，蒙着脸，一切，都仿佛奶奶当初。

我不能相信，我无法接受家里再次出现了这样的情景。我站在爷爷头底，轻轻地掀开蒙脸纸，一声一声地叫着爷爷。爷爷瘪塌的嘴，紧紧地抿着，一双眼睛也紧紧地闭着，两道长寿眉挡在眼睑处。那张蜡黄的脸，仿佛只剩下了皮包骨，像一张皱纹纸一样，裹在突出的颧骨上。我伸手摸向爷爷的脸颊，皮肤依旧绵软，但绵软的下面，是再无知觉的冰冷与僵硬。

泪水，已经模糊了我的双眼，我已经不知道自己该如何思考、如何接受、如何面对了。我的爷爷啊，我一向精明强干硬朗机灵的爷爷啊，你怎么突然就走了？我无法接受，无法面对，我说什么都不能相信，这一切会是真的。

我转身来到院子里，慌乱又不知所措地踱着步，心慌着，手抖着。我看了看碧蓝如洗的天，又回望了一眼窗明几净的房屋，我的双手，穿过披散的长发，触摸到温热的头皮，我想要仰天嘶吼，我想要挣脱这梦境的困扰，我要看到爷爷，看到健健康康的爷爷。

傍晚的时候，爷爷入殓。

所有孝子跪在地上磕头行礼之后，爷爷就被抬着，放进了灵棚里停放着的那口金黄色的棺木中。

昏暗的灯光，照在爷爷的脸上，爷爷头上的帽子压低了帽檐，紧紧地扣在爷爷剃光的头上。爷爷一动不动地任人摆放成最合适的样子，我趴在棺木边上，最后一次摸了摸那张熟悉的脸。我觉得我站不住，也哭不出。我不停地转身，又回头，哭出声，又收住，我都不知道我该以怎样的姿态来面对这一切。

棺木被虚掩上盖的那一刻，我终于不能自持。我哭得那么无助，那么悲凉。一阵晚风吹来，凌乱着我散落的长发，我无法直起我的腰身，无法稳稳地站立。

　　站在窗口向里屋看去，明亮的灯光下，一片空荡。空了，彻底空了。我的奶奶没有了，我的爷爷也没有了。我的内心，犹如天地崩裂，瞬间荒芜。我想起奶奶入殓的那晚，我哭得撕心裂肺，挣脱所有人的拉拽拼命地嘶吼，是爷爷，紧紧地握着我的双手，一遍又一遍地叫着我的小名，让我冷静下来。而此刻，我再次欲疯欲狂的悲痛，恨不能震破天际的心碎，让我无助到不知所以。可是，却再也没有爷爷握着我的手，叫我的名字了。

　　爷爷，你在哪儿？怎么连你都不见了？你们怎么就那么狠心，说走就走了，要我怎么办？要我如何来面对此后山长水远的路途？爷爷啊，我的爷爷！不要走，不要离开，我不能没有了奶奶又失去了爷爷啊！爷爷，我的爷爷……

悼念爷爷

　　天，还是那么蓝，云，依旧悠然。初春的寒风，凛冽地撕扯着痛苦的心，眼泪，肆意成了悲伤的模样，悲痛，随风飘荡。我至亲的人，您可知我们不舍的心碎，想念的崩溃？

　　人这一生，总有回不了的头，找不回的过往。岁月，是一把无情的剑，将生命一刀刀割碎，迎生送死，终结了多少相聚，又埋葬了多少温暖。

　　如果人生是一段长途旅行，那快乐与悲伤，就是两条长长的铁轨，在我的身后紧紧跟随。也许，人不应该长大，长大就像是在赶路，追赶了光阴，也追赶着生命的终点。一路的风景，总是常换常新，新得让人怅然若失，让人悲痛不已。

　　明明灭灭的人生，您却是我生命的一盏启航灯，温暖我的寒冷，关照我的一生。而今，您却油尽灯枯，不再照亮我生命前行的路途，丢下我，任我想念任我哭。

　　人这一生，就像看一场烟花。看得不经意，就会错过；看得太认真，又会惋惜，终究是太过短暂。匆匆一生，经过多少春夏秋冬，历过多少风雨悲喜。好不容易，一切都已安然，时光，却已行至暮色。来不及多一次拥抱，来不及多一点回报，夕阳，就已西山沉落。

想念啊，那昔日的微笑，温暖了我生命的每一个日升月落；想念啊，那往日的护佑，伴我年幼无助，直到长大成人。

想念一个人的滋味，就像是喝了一杯冰冷的水，然后一滴一滴凝成热泪。我多么想能够再见您一面，再握一下您温暖的手掌，感受您指尖传递的温暖。

您总是无私地奉献；您总是入微地关怀；您总是那么有耐心，从小到大，任由我"欺负"陪我玩儿；儿时的寒冬，每次晚上去院子里上厕所您都会陪我，怕我害怕，站在那刺骨的寒风中，揣着双手等着我，不厌不烦；您总是为别人着想，一辈子从不愿意给别人添麻烦，无论自己多难都要一个人独守着那处老宅；您总是那么多心，总是那么要强，总是那么硬朗，总是那么整洁，总是那么……

那些无处安放的记忆，在这深深的庭院中，被清冷的寒风湮没了续接的足迹。重重叠叠的梦，夜夜在痛彻的心扉中，潮湿回旋。我亲爱的人，我的爷爷，您一个人睡在那冰冷的棺木中，可冷？可寂寞？

我想您啊，我真的好想您！您醒过来啊，爷爷，您醒过来再看我一眼，再吃一次我做的饭，再穿一次我洗的衣，再陪我说一会儿话啊！再陪陪我……

岁月，就像一条河，左岸，是无法忘记的回想；右岸，是值得铭刻的成长；两头飞速流淌的，是生命无法挽留的时光。我不停地回首，不停地驻足，然而时光，依旧扔下我，冰冷无情地向前飞逝。

终于，我还是失去了。

我失去了从小到大成长的家；失去了从小到大依赖的人；我失去了从小到大的归宿；失去了无论我走到哪里都放不下的牵挂。

终于，我还是失去了。

是岁月无情，夺去了我至亲的人；是生死轮回，夺走了我内心的根。是生命无常，让我在心底，嘶吼着无法言说的痛；是病痛无奈，让我无力续写继续相伴的美好。

只有经历过绝望的人，才知道无能为力是一种怎样的无助；只有亲历过失去的人，才明白生离死别是一种怎样的彻痛。

一直觉得您坚强乐观，相信您扛得住失去老伴儿的悲痛，抵得过岁月的无情相摧，却不想会让您一个人摔倒在院中；

一直以为上天会眷顾，相信您可以好起来，所以直到最后一刻都没有放弃，却不想依旧留不住您要离开的脚步。

您走了，带走了我们所有的快乐，带走了家里的温度，带走了美好的愿望。至此，我们还牵挂谁，不放心谁，回去看谁？

老人啊，操劳了一辈子，培育了一大家子，到最后，自己竟如此痛心地离去。无论去哪里，都再也找不回来，再也找不回来了……

爷爷，放心吧！我会记得您的教诲和疼爱，我的脑海还经常浮现出您微笑的慈颜。我会不负您的养育，好好地活着；大家都会不负您的养育，好好地活着。希望爷爷和奶奶，在天堂团聚，看着你们养育的我们，能够安心而又自豪地笑眯了那双亲切和蔼的眼睛。

爷爷，走好！

净土重重现，莲花朵朵开。但愿人常在，人间更吉祥！

第二辑　思亲如潮

心间的疼

初春的午后，一缕阳光懒散地照耀着大地。微风，正忙着吹醒那些还在偷懒沉睡的小草，树枝有一下没一下地点头哈腰，与这慵懒的风儿嬉戏、打闹。

窗台上，一盆绿萝低垂着枝叶，在薄纱如雾的窗帘下，若隐若现。我披散着凌乱的头发，从床上爬起来，在镜子前，看到了自己内心深处的那片在阳光下暴晒多日，却始终不得晴爽的阴霾。

时光如风，穿尘而过，总是轻易地带走一场花事，凋零许多过往。无论多么美丽的容颜，多么绚烂的生命，多么美好的人生，在时光面前，都是那般卑微、脆弱，无力抵抗，最终，都只能在时光的霜刀雪剑下，弃械投降，尘归尘，土归土。

于是，我便也被时光卷入了无情的较量中，仅在短短九个月间，就失去了从小抚养我长大，这一辈子至亲如命的两位亲人，我的爷爷和奶奶。

仅仅九个月，就让我失去了两个至亲的人。生命于我，是不是真的有点残忍？

回首往事，烟雨蒙蒙，曾经属于自己的时光，无一不填满了与他们在一起的欢乐。而今，都成烟云。

悲痛，和悲痛的雪上加霜，让我再也无法承受。一时间，生命的阳光被内心裹着疼、带着血、含着泪、扯着皮的疼痛，尽数侵蚀。那是一种内心深处的崩塌，一种灵魂的溃泄。我将自己深深地陷入混沌阴霾之中，久久难以自拔。

失眠与梦魇，变成了日夜交替的魔爪，将我死死捆绑，不肯放下。经常，我想要号啕大哭，我想要哭得掏心掏肺，我想要哭得惊天动地，我难过得无法言喻，我悲痛得生不如死。我迫切的内心，只想能再见他们一次，哪怕，就一次。

可是，怎么可能？

我梦到和他们在一起，一如往日，聊天、吃饭、说笑，总之，满满的都是在一起的幸福。

我梦到给爷爷买了好多吃的，爷爷高兴地和我一起拎回家。

我梦到爷爷和我说："给爷爷把那鞋拿去刷刷。"

我梦到奶奶和我说："有时间，你多回来看看我。"

是啊，我多想能够再回去看看你们。可如今，我要到哪里去看，怎么才能去看呢？

书桌上，风信子正美丽地绽放着，在一帘烟雨的滋润下，湿润了含苞的蕊，丰盈了艳丽的花瓣。花开只一季，季节辗转，花儿就会凋零，走得最急的，总是最美的风景。一季花开，如一份情缘相牵：花开，正逢时；花落，期限已到。这一季，你只是用生命的温暖，呵护我途经了花开的绚丽，却无法再伴我走到荼蘼。

骤然的失去，瞬间的空白，我要走过多少日夜的交替，才能坦然面对那份彻骨的失落。

成长，是岁月行进中的一种疼，它将我的心，生生地拉出了一道又一道的血痕。眼里无限涌出的泪水，不仅模糊着我向前迈进每一步的视线，它还夹带着冰冷，参和着浓盐，一滴一滴地渗入了我血肉模糊的心，让我疼得不知所以，痛得难以呼吸。

于是，姑姑微信发来简单的一句话："说服自己，做个内心强大的人，坚强下去。"

不知道为什么，这句简单的话，真的让我那么那么的疼，我抱着自己，痛痛快快地哭了一场。

我拼命努力地告诉自己，做个内心强大的人，让这件事情成为过去，我要尽快地好起来。

人生是一场旅途，风雨苦乐交加。岁月，就这样一点一点地流逝。路有长短，事有喜悲，有些舍不得，终究，也只能放在心里。树叶飘落了，变成了滋润树根的肥料；冰雪融化了，汇成了浸润大地的清流。

而我爱的，和爱我的他们走了，却还有骨血相亲。

蓦然回首，父母已近知天命之年。这么多年，匆匆老去的，岂止是爷爷奶奶，原来就连父母，也已逐渐不再年轻。

我突然发现，自己这么多年，把一份孝敬老人的心思，尽数放在了爷爷和奶奶的身上，竟从来不曾留意过我的父母，实际上，我的爸爸、妈妈，他们也开始老了。

我甚至不知道母亲爱吃什么，父亲穿多大号的衣服。当我想要像给爷爷和奶奶买零食般地买些吃食给他们的时候，我的内心竟然是那般空白。那是一种不习惯，让我不知道买些什么才是他们想吃的、爱吃的。

慌乱中，我疯狂地搜索着讯息，急切地告诉自己，要将空白的一切，尽快补回来。爷爷奶奶已经没有了，我要学会爱父母，爱更多的亲人。我不能沉浸在已经回不去的过往中，将时光荒废，将生命虚度，然后有一天，豁然清醒，却是留下了更多无法弥补的遗憾。

遗憾，是人这一辈子最刻骨的歉疚，那是厚重的自责、深沉的亏欠，更是一念即痛，却再无机会弥补的深渊。所以，哪怕劳累奔走，甚至千辛万苦，都不要让自己的生命留下太深的遗憾。否则痛不能当，后悔已晚。

闲暇之余，总在想，未来的自己，到底会过怎样的一种人生？岁月流逝，我们都是岁月的孩子，它带给我们悲喜，也教会我们成长。最终，我们都要学会从一种客观的角度，去透视生命的本质；用一种因缘的视角，去观照生命的轮回。

其实，生命，就是一场轮回；成长，就是一场疼痛。风雨交加皆是行程，阳光阴霾都要走遍。如此，才算不枉活过这一回。

既然如此，那就承受这一回。无论多疼，都要努力走过。就让心间的疼，来画生命的圆，但愿走过这一程，此生更坚强。

若有来生　缘再续

佛说："一切有为法，尽是因缘和合，缘起时起，缘尽还无，不外如是。万法缘生，皆是缘分。前世若为恶者，今生必有劫数；前世若是善人，今生则有福报。每个人，都是两手空空，来到人间，前生记忆，皆被删除。既来之，我们所能做的，就是修好今生，福泽来世。"

常常觉得，定是我曾在佛前苦苦求拜了千百年，今生，才会有这般刻骨深情的眷恋。

相信，今生所有的交集，皆是缘分注定。或深或浅，或浓或淡，决定着每一份情缘的呈现方式。于是，我们成了朋友、爱人，与至亲家人。

然，天下无不散的筵席，曲终人要散，人走茶必凉。这世上最难改变的，就是自然规律。岁月迁徙，历史更换，唯一不变的，就是人的生老病死，物的春荣秋枯。

人生之无常，朝拾花瓣暮凋零，晨沐阳光夜风雨，真真假假，虚虚实实，明明灭灭，不过瞬间。最是不想面对无常，却最是无常。所以，我曾在奶奶离世之后，偶然间对爷爷婉转提议，百年之后，若有什么心愿安排，可以写好封存起来。

凡事预则立，不预则废。尽管，我的内心，是多么的不希望有那么一天，但我却深深地知道，终究，无可避免。

谁知，意外就像一场暴风雨，骤然间便可倾盆。落红无数间，更是将对明日的希望，淹没于滚滚沙河之中。置身于那湍急的乱流中，无论你如何挣扎、如何努力，最终也是凶多吉少。爷爷突发一场大面积脑梗死，一病不起。说不清话，写不了字，自己苦心经营了一辈子的家，要交托于子女了，却怎么都交代不出自己的想法，直到闭眼。何其心痛！

奶奶离世不过九个月，爷爷就与世长辞。对于自小跟着爷爷奶奶长大的我来说，爷爷的骤然辞世，让我在短短不到一年的光景中，痛失了两位至亲的人，似山河崩裂、天塌地陷，瞬间，便觉世景荒芜。我声嘶力竭，哭天抢地，所有人都泪如雨下。这次死别，比上一次伤感更深。痛心，岂止刻骨，简直无以复加。

夜幕降临，我伫立窗前，遥望万家灯火，时光仍在，而我，却瘦减了年华。

人生沧海，匆匆百年，幻灭一瞬。多少人，期待岁月可以重来一回，便可以免去了那诸多的遗憾。却不知，宿命前世已定，纵是光阴轮回，亦是无法更改命定的结局。

痛失至亲之人的痛苦，仿佛是一道无法逾越的沟壑。身伤，尚且可以治愈；可心伤与神伤，却犹如跌落万丈深渊，回头无涯，垂死挣扎。我曾一度焦虑、抑郁，夜不能寐，食难下咽。思念，就像是喝了一杯冰冷的水，然后用很长很长的时间，凝结成流不尽的悲伤泪。

岁月如风，风过可以无痕，可心碎，怎能无迹？生命中总是有那么些过往，当我们真的以为已经彻底失去的时候，却发现，那些昨日的光影，可以借助记忆的留存，氤氲于一场梦、一幅画，甚至一处重游的故地。

虽是镜花水月，却可聊以慰藉那颗在疯长的思念中，不知疲倦想要寻觅的心。只不过，情再深，也回不到当初；梦再真，也无法兑换成实。最后，只能以失望而告终。

都说，今生是前世的因，那来世，可否做今生的果？

这辈子，我做您的孙女儿，没有做够。在这相思的渡口，我静待来生。若真有来生，我们还做至亲的一家人，可好？

漫漫尘路，一霎风，一霎雨。曾经，我在伞下观雨；而今，我在雨中念伞。生命，无论行至怎样的荒途，都会峰回路转。当春暖花开，我在春光潋滟中葳蕤着相思，也沉淀着悲痛。

冬去春来，续写着生命的赞歌，而依旧活着的我们，何尝不是逝者生命的延拓？此生已然，且待我们来生，再续。

无尽的思念

无意中，在整理电脑的时候，翻出来一些爷爷和家人在一起吃饭的照片。这些照片都是我拍的，家人都没有。所以，我忍不住，粘贴，复制，发送到家人群里。

午夜时分，伯父发来一句话："无尽的思念……"

我看了一下时间，已是午夜零点。伯父还没睡，他一定是认真仔细地将爷爷的照片看了又看，心底涌现出无尽的回忆、无尽的伤痛，所以，才会在这个时间点发来这样一句话。

看到伯父这句话的时候，我的心瞬间像有万箭穿过。我立刻关闭了微信界面，不敢再多看一眼。我害怕夜太寂，悲伤漫过夜色苍茫，将我包围。我也害怕夜无眠，过往推开虚掩的心门，让我深陷。

可事实上，就在我慌乱一瞥的那一刻，思念的洪流，就已经冲破了我死命拦截的堤坝，汹涌而泻。

静夜一片漆黑，我在形同深渊的心情下，将身体紧紧蜷缩成一团。只感觉，内心一阵阵的刺痛，让我直想抱着枕头，大哭一场。

不知道为什么，爷爷的离去，让我，以及家人格外痛彻心扉，它成为我始终过不去的坎儿。

　　我想起爷爷在病床上多次拽着我的手，含糊不清地对我说："给爷爷拿点儿吃的，给个馒头，喝碗粥也行；柜子里有饼干，可好吃了，拿出来咱们一起吃；给爷爷泡壶茶，爷爷每天中午睡起来都得喝一会儿；给爷爷烩点儿菜吃，放上豆腐，粉条……"

　　我想起爷爷过世后，从医院拿到爷爷的病例，翻看上面的记录，印象最深刻的就是："入院状态：水食未进；病程中多次标注：禁食禁水；直到最后，便是：呼吸微弱，呼之不应，没有心跳和脉搏……"

　　我曾无数次地想象着爷爷当天发病时的情景：一个人，惆怅地看了看时间，又到了不会做饭却必须要吃饭的时间。他走在院中，脑子里还想着怎么做熟这顿饭的时候，突然就感觉身体不听使唤，摔倒在地。当时，他着急、害怕、无助，拼命地在地上挣扎，弄得自己满身是土，一身狼狈，却怎么都起不来。我猜想，爷爷一定是吓坏了，于是，他用已经僵硬的口齿，拼命地呼喊着邻居的名字，直到有人应声而来，将他抬回家。

　　时至今日，我怎么都不敢相信，我那样精神、体面、爱干净、注意形象，会看书、会写字、能说能笑，能懂乾坤八卦的爷爷，他就这样永远地离开了我们。

　　我总觉得，爷爷的离去，让我们每一个人都无比歉疚，总觉得是自己没有照顾好爷爷。因为，奶奶才离去不久，大家似乎都还没来得及彻底走出悲伤，没有来得及完全回过神来。就在大家才意识到要好好地心疼一下这仅剩的一位老人时，爷爷就突发重症，一病不起。

　　我常常想，父母家人都有工作，大部分时间，在白天都难以脱身。而我，是唯一一个有着大把时间的闲人。如果我把爷爷接在自己的身边，爷爷就不至于这么快发病，不至于这么快离开我们。可我又想，倘若爷爷是和我在一起时发病的，那我是不是依旧会觉得是自己照顾得不够好，导致了爷爷的发病，然后一辈子都无法摆脱罪恶感？

不管怎么样，爷爷一辈子辛劳，养育了一大家的人，临近命终，却是鳏寡孤独，连顿饱饭都没有吃上。

我曾听姑姑告诉我，就在爷爷临终的前几个小时，爷爷曾多次说："快点快点，给我用最好的药，快点儿，我要最好的药！"

爷爷虽半身失去知觉，但意识一直清醒。他什么都知道，才是最残忍的。我难以想象，爷爷当时说出这些话的时候，内心是一种怎样的感受？大家都着急地忙着展开急救措施，想必没有一个人有空坐在爷爷身边，握着他的手，给他一份安抚与温暖。

每每想起爷爷，我的内心都无比的酸楚、无比的痛。如果这世上真有神话，真有奇迹，我一定不惜一切代价，让他好起来。哪怕多一天、一刻、一分钟，我都想好好地抱抱爷爷，紧紧握着他的手，告诉他，不要害怕，我们都很爱你。

我有罪，等我匆忙从外地赶回来的时候，爷爷已经全身冰凉，在重症监护室穿好了衣服。我一直觉得，在这件事情上，我有罪。这是注定，也是惩罚。我相信上天刻意安排了这样的结局给我，来世，必定会以另一种方式成全我和爷爷的缘分。

我想爷爷，我曾无数次地梦到爷爷，给他买吃的、买衣服，给他做饭、收拾房间，一如爷爷还健康地生活在人世间一样，和爷爷一起聊天、逗乐。我很骄傲，我是爷爷奶奶抚养长大的孩子，我有这样两位慈爱的老人；我很荣幸，作为孙女，能深得爷爷的喜爱，听他与我说出他很多的心里话。我也很难过，在爷爷奶奶身体还好的时候，自己没有足够的能力为他们做些什么；在我才开始有了这份能力的时候，两个人却相继离开，匆匆忙忙，一切都来不及了。我更悲痛，我在不长的时间里失去了两个从小对我宠爱有加的至亲之人，那种感觉，就像是一场无法醒来的梦魇，只觉得我还是那个我，为什么我会失去与我生命捆绑了这么多年的人？那份苍凉，那份慌乱，那份无法接受的空落，像是一份毒蛊，深深地将我啃噬。

我曾一个人回到那个从小长大的村庄，站在挂着铜锁的大门外，泪落如雨；我趴在岁月风化的木制大门上，透过门缝望着院中的屋，屋上的窗。我仿佛看到了奶奶依旧坐在她习惯坐着的位置，望向我；爷爷正大步流星地推开屋门，走向我。

我一下一下拍打着大门，一声一声呼喊着爷爷，我回来看你了，给我开开门啊！爷爷，你给我开开门……

那一刻，我希望爷爷真的能够听得到，哪怕只是一丝幻影，他可以出现在我眼前，将我抱在怀中，让我再感受一次那份隔辈的厚爱与温暖。

当我再次途经爷爷住过的那栋大楼，看到门口有相同病患的老人坐着轮椅被推出来的时候，我的四肢瞬间无力，几乎要瘫倒在地。内心有一个强烈的冲动撞击我的神经，我想要箭一般冲进那栋楼，走进那个病房，看一看我那一直对生活充满美好渴望的爷爷，他会不会依旧躺在那里，等我去看他。

爷爷没了，再也没有了。他就像滑过天际的流星，用尽一生的星辉，点燃了我们的生命之火，自己却永远地陨落了。从此，星空浩茫，我们却再也无法触及他的温暖。

出殡那天，大雪纷飞，冰冻三尺，多少悲痛的泪水，化作晶莹的雪花，漫天飞舞，最后落入泥土，化成我们一生一世的无尽思念……

凉凉清秋　思念如愁

　　时间，一天一天地走过，悠闲的，忙碌的，无论是以怎样的姿态，都是一样的日升月落。燕来燕去又一季，转眼又是秋。我站在光影的斑驳中，寻找记忆中怀念的过往，伸出手，却抓不住一丝一缕。

　　人生，就像一本书，乍一看，都是一样的平淡静好，实则，翻开的扉页上，总也少不了那些起起落落、悲悲喜喜。

　　有些故事，不是不想讲，只是无关别人的痛痒，讲与不讲，又如何？有些心情，不是不想说，只是思亲成灾，更与何人说？

　　时常，会有一种冲动，想要开着车，奔上那条熟悉的道路，听同样的歌，看同样的景，走进同样熟悉的村庄，看到同样熟悉的身影，他正穿戴整洁地走出来，对我笑脸相迎。然后，我靠边停车，带他一起回到那个我从小长大的院子。在那个院子里，还有同样抚养我长大的她。他们——我的爷爷和奶奶。

　　回想那些曾经共度的岁月，多少温情在心头，多少关怀伴我行。这一生，我一度最该流离失所，却最是受尽天恩的庇护。这一切，全缘于我的爷爷和奶奶。天海之涯，难寻此恩泽；云海之巅，难忘此恩情。

我站在川流不息的人群中，看车来车往、人聚人散。一双充满渴望的眼睛，四下搜寻，想要找到那似曾相识的脸，那满载深情的眼，却终究，再无一人，能安抚我如潮相思的心。

时光，是一双无形的手，一路奔走，将我们推出了太远太远。好像，我们是岁月的拾荒者，但沿途颠簸，我们又丢失了太多。找不回的身影，回不去的过往，唯有思念，像是一把出鞘的利刃，在心上划出深深浅浅的血痕，让痛，变成无声泪。

莫道生死轮回是寻常，怎知寻常难抵人情长？

自离去，多少次夜半梦醒泪湿枕，多少次借酒浇愁愁更愁。不能接受的，从来就不是理智之下的大道理，而是摆在眼前的残酷现实。常常，我的梦中会重复出现生离死别的那一幕，那让我瞬间觉得山河崩裂的一幕幕，让我在梦里梦外，感受到痛失亲人的苦楚与崩溃。我看到惨淡的夜空，几颗星星寂寥，一轮明月半面墙，倾泻着诉不尽的悲凉。

也许，人生最难忘的事，不仅仅是过往岁月的美好，还有那说什么都无法面对的痛心刻骨。任凭风起，吹不散萦绕心间的幻影；雨落，洗不去刻入骨髓的痛思。春去，留不住落红凋零的步伐；秋来，挽不回生命淡去的痕迹。

那场别离，于我，始终都是生命中两把插在心头无法拔下的刀，一触即痛，痛不能言。此情，此念，非亲身感受所不能懂。

多想，一切如旧，岁月不老，你们健在，该有多好……

你看那燕儿檐下又筑巢，红花无人自在开，昔日幼苗已结果，小草仍在原地生，闲时又生探亲心，怎得一把铜锁闭双门！

抬起头，不为观星，只为眼泪可以倒流。天知道，痛有多深，念有多重，你们，走了有多远。

今日秋凉又思亲，微风拂过碎花心。夕阳散尽留光影，却叹暗夜寒如冰。

岁月是一部留声机

浅秋的阳光，温暖中夹杂着一丝丝凉意，我独自徘徊在林荫小路上，听着一首歌的单曲循环。

突然想起有一首歌，叫作"有没有一首歌会让你想起我"。有时候，觉得过去听过的每一首歌，都是一条牵引线，它会不自觉地带你回到过去，重温当时的情景，当时的心情，当时的感受。

有些歌曲会让你想起儿时的时光，有些歌会让你记起曾经的欢乐，有些歌会让你沉浸在某种伤痛中，又有些歌，会让你深刻地想起某个人、某件事。

岁月，是一部留声机，你看它每天悄无声息地从指尖划过，一路向前，沉默不语。实则，它早已在你不经意间，为你镌刻下每一程的记忆。待你闲来无事时，供你体味回顾，伴你缱绻相思。

若是快乐，倒也罢，可谁的人生不是喜忧参半，悲欢交杂？若是勾起心中伤痛，你是否还能将那首揭开过往伤痕的歌曲，从头听到尾，是否还有勇气让自己听了一遍又一遍？

我是一个对自己特别心狠的人。能勾起快乐回忆的歌曲，也会偶尔听上一两次，但那些能让自己心痛难当的歌曲，我最是要听上无数遍。

这世上，能困住自己的，从来都不是别人，而是自己。

生命于我，行至今日，经历的最难以承受的痛苦，就是从小抚养我长大的爷爷奶奶，在不到一年的时间里，相继离开了我。不要说我总是念念不忘，老生常谈，那是因为这件事情本身于我，就是一生都不可能抹去的伤痕。

那些日子，我特意从寺院请回来的佛音机，日日夜夜循环在灵前，于是，经常播放的那首佛乐，就成了时空的标签。此后岁月，我曾在某街道突闻那首音乐入耳，便瞬间泪流满面，腿软如泥。当初的那情、那景，无比强烈深刻地出现在我脑海，让我不能自已。回家后，我把那首歌下载在手机里，多少个独处的日子里，我坐在阳光斑驳的窗前，凝望着窗外，循环播放了一遍又一遍。从起初一听则痛、一痛即哭，到后来默默落泪，再到现在能够平静自若，我已将自己虐过了千百遍。直到清明节前，我将压抑多日的情绪，付诸一顿豪饮，纵情让自己痛快地醉上一回，恣意了心中的苦楚，打那以后，我坚强了。至少，我可以做到正常地回想，正常地提及，正常继续自己的生活。

有时候想想，人这一辈子，谁能不经历这样的悲痛，又有谁，能不走上这共同的归宿？生而为人，结局皆同，不同的，只是生命的过程而已。

也许，今日，亲人的离去，成为你生命中的坎儿；而不知哪一天，你也会离去，又成了别人生命中的念。而这，不过是终结。生命的漫漫长路，又要走过多少泥泞，迈过多少沟坎。

人生泥泞要走，心中有坎儿要过。有时候，最难的时候，或许也就是最接近跨越的时候。迈过了困苦的制高点，就是最接近柳暗花明的地方；忍过了最痛的狂潮，终会换得平静自若。时间，是最好的良药，强大的推移下，多少过不去，都终将过去。

或许，别人可以替你开车，却不能替你走路；可以替你做事，却未必能替你感受。那些奔跑在路途中的人，切莫因为头顶上飘来的乌云，就说天空没有太阳。无论遇到怎样的困境、苦难，都不要急于放弃，不要急于给自己下那悲观的定论。岁月依然如斯，只需忍一忍，扛下来，相信转机就在不远处。

回眸间，我将音乐继续循环。却看，一袭秋色随风潜，半盏闲茶已无色……

心中伤就像风沙吹　飞进眼里汇成了泪

清晨，秋日的凉意浸染全身，我冰凉着一双手，独自一人，紧握着方向盘，向前走。突然从广播里听到一首歌，是"凤凰传奇"组合唱的《我们的歌谣》。那旋律，那节奏，恰到好处，好好听，好入心。靠边停车，我翻看了这首歌的歌词，发现这首歌不仅应景于爱情，同样也应景与亲情。

"走过一条寂寞的街角，期盼一张熟悉的微笑……如果不能完全地遗忘，时间是否真能够疗伤……回忆再美好也只是曾经，守护是我们彼此的约定。风轻轻地吹，我们的歌谣，是谁唱着哄你入睡？你是我眼中抹不掉的泪，为什么最后才想起后悔？喊你的名字，渐远的背影，你走进梦的天际，永不回……"

是啊，渐远的背影，走进梦的天际，永不回。

昨夜，我又梦到了我的爷爷奶奶。没有人能相信，自从他们走后，我这样的故梦就一直未曾间断过。从刚开始一梦到就和父母倾诉，到现在的习以为常。如若哪天没有梦到爷爷奶奶，那才稀罕得值得我和父母说一声。

我现在，已经是现实梦境难分清了。我甚至觉得，每天夜里，我就是和爷爷奶奶在一起的。柴米油盐酱醋茶，喜怒哀乐悲欢苦，梦中都清晰若实。爷爷奶奶说话的声音、表情，甚至日常的脾气、个性，都与曾经在世时毫无两样。我关切地问奶奶的身体状况，迫切地要接爷爷奶奶和我住在一起。他们的想法，他们的言辞，一如曾经。

我已经习惯了。

曾经，也害怕，精神恍惚。而今，一点也不害怕了。他们是我至亲的人，不会伤害我。或许，我们都是太过想念对方，夹杂着那些未了的遗憾，所以，选择了在梦中续接。

有时候想想，这样也好，至少，我们可以天天相见。那是托起我生命重生起点的至亲之人，他们不舍离去，就像我难以割舍一样。我愿意把这梦，全部封存于心间，慰藉我所有相思成灾的岁月。

今天，是外公离去的第三天。路过门市，我买了那种最不想买的纸。想到晚上还要面对那种苍白的、令人无比痛心的场景，我就想放声大哭一场。

一年零五个月之内，我的奶奶、爷爷，外婆、外公，全部都先后离开。不到两年啊，四位老人啊，到底发生了什么？

驻满心间的悲痛从未散去，就又重复了一遍又一遍。内心的狼藉，早已承受不起一次次的敲打，却依旧要拼命地忍着，继续面对这一次又一次。

人生，究竟要经历多少次这样的残酷与心灵的撕扯？

夜里，有故梦重温；现实，有同境续集。好一个生老病死，自然规律，当真饶不过我本柔软又敏感的心灵，新伤旧创，直捣心窝，使我发狂。

莫道生老病死是寻常，寻常真的难抵人情长，这是　心底又一次流淌出来的感叹。

　　心中伤就像风沙吹，吹入眼中汇成了泪，还要轻轻揉到天黑。相思入髓寒夜梦回，我的泪就像沙中灰，埋葬不了藏于心间的伤悲。怎么也斩不断心碎，一寸相思一寸灰……

　　珍惜身边的每一个人吧，去爱他们、理解他们、呵护他们、陪伴他们。岁月无情，总要在那些温热的生命上划下冰霜剑痕。生命承重有限，历时有制，包括你，包括我，包括所有的人。用有限的时间，去抛洒无限的温暖。就算日落西山终有时，至少，残留的余晖，也可照亮那些牵挂你的人，亦可烘干那些滑落脸颊的泪滴。

　　祝福大家，吉祥如意，福寿未央。

又逢中元节

临近傍晚时分，夜幕才刚刚落下阴沉的脸，站在餐厅阳台上的我，就看到不远处的十字路口，闪耀着一簇簇火光。打电话给母亲，说："今天是七月十四，怎么就有人在路边烧纸了？"

母亲说，昨天就已经有人在烧了。

是啊，又是一年中元节到了。以前，这些节日我从不在意，因为无关，所以淡然。而今不一样了。我惦记着自己也要买点什么，随着那焰火缭绕、清风摇曳，而给我远在天国的爷爷奶奶带去节日的问候。尽管，家中有父亲和兄弟甚至伯父去上坟，但我却依旧想要尽自己的一份孝心。

前些日子，奶奶还在梦中告诉我，说她没钱花了。我原想次日就去十字路口给爷爷奶奶遥祭，但母亲说了，阴阳相隔，各有时日，非是他们的节日，即便烧了，也是收不到的。于是作罢，且等中元。

自从爷爷奶奶离开之后，我一直故梦不断。有时候，因为想念，倒也渴望梦中相见。可是家中其他人几乎都很少有梦，唯独我，从不间断。在最初的那些日子里，由于梦境清晰，夜夜缠身，日子久了，也生害怕。

一到晚上，只有孩子陪伴在身边的自己，便总感觉到有点怪怪的，入睡困难，梦醒艰难。弄得我悲痛焦虑，几乎精神恍惚。

都说日有所思，夜有所梦。可能真的是太过想念，已成为潜意识行为，所以导致无论睡前如何转移注意力，都不能抵挡夜梦来袭。后来，甚至走在大街上，看到一个老人的身影，我都能忍不住泪流满面，心痛难当。

终于，我觉得有点扛不住了，独自走进一家中医门诊，就在陈述心情的时候，都忍不住掉下眼泪。大夫告诉我说，心病还需心药医，目前属于焦虑和轻微抑郁状态，中药调理，只是辅助，最终，还需靠自己调节。

好在，那中药的辅助，也是起到了作用的。服药半个月后，也算有所好转。

常常，我觉得我的心中藏着两个人，一个属阴，一个属阳。躺在床上的时候，属阳的那个人，会大声地给我讲述着一些无关紧要的故事、片段，想要给自己营造一个良好愉悦的入睡前奏。而每每此刻，那个属阴的人就会站出来，用虽不及属阳之人的大声却也能让我清晰听到的声音，向我讲述着所有关于爷爷奶奶的往事。而我，便拼命地想要排除属阴之人的干扰，不听不想，却终究难以成功。

不知不觉中，我已经睡着了，且一入睡即入梦。我隐约听到有一摞铁盆散落的声音，"哗啦"一声，那些大大小小的漆面铁盆，像极了奶奶生前用过的各种铁盆。紧接着，我听到一阵杂乱的敲打铁盆的声音，由远及近，越来越近，直敲得我满心发慌。我突然意识到，我又在做梦了，我得赶紧醒来，不能再继续下去了。

于是，我拼命地挣扎，告诉自己，快醒来，快醒来！

我醒了。

我看了看腕间的手表，凌晨一点多，我感觉有点冷，又感觉有点害怕。暗夜下，我有一种不敢翻身的紧张。习惯性联想，不知道会不会爷爷奶奶就在我的身边？因为相信自己因果轮回，相信前世今生，相信人除了肉体还有灵魂存在，深信不疑，所以更加"疑神疑鬼"。

缓了缓，我打开灯，跳下床，去衣柜里拿来一个红色的小包。那是父亲给我的野桃核，说是可以辟邪。虽然我的枕头里、床下面，已经撒满了。但此刻，我想要更多的安全感。于是，我把那一包放在了枕头下，关上灯，开始在失眠中，寻找我那不知又调皮地跑到了哪里的睡意。

清晨六点多，我在一缕晨曦慵懒的阳光下，睁开蒙眬的睡眼。匆忙收拾洗漱后，把孩子送去了学校。然后，我独自一人，走在凉风习习的街道上，迎风的发丝，任性地凌乱在脸颊，我在物色一个合适的十字路口。

这时候，闺密发来微信，说她买了丰镇月饼，知道我爱吃，给我留了几个，让我抽时间过去取，还拍了照片给我。

听着闺密熟悉的声音、习以为常的惦念，我突然觉得自己很幸福。一阵风吹来，瞬间湿润了我的眼眶，我用回复说："想起以前，都是在奶奶家吃月饼。后来结婚了，尽管母亲姑姑也会给我带月饼，但奶奶依旧会惦记着给我拿块月供的'月亮爷'，总说吃了才团圆。而今，才七月十五，你就叫我吃月饼了。"

闺密回复说："别忘了，我也是你的家人。"

我握着手机，徘徊在十字路口，忍不住掉下眼泪。

原谅我心有柔软易触碰，情有深思容易感伤。又逢一年中元节，我想你们。

不曾失去 难懂珍惜

不知为何，近日总是怀念一种叫作家的味道。随着光阴如水的过滤，所谓家的味道，除了父母家与姑姑家，最是深入我心的，就是爷爷和奶奶的家。无论是一炉炭火的温暖，还是一炕阳光的倾洒，都注满了儿时的幸福与安暖。

最是奶奶的饭菜让我无限怀想。那时年少不懂何谓愁，只当一切是寻常。现如今，回想起奶奶整日颠着那一双小脚，一日三餐忙碌于锅灶前，总是变着花样做着可口的饭菜给我和爷爷吃。

胖胖的包子、香香的葱花饼，哪一样，不是爱的味道？金黄的凉糕、浓稠的腊八粥，没有什么是奶奶做不来的。那些年，爷爷牙口不太好，总是和奶奶说，把饭做软乎点儿。奶奶爱吃香菇，经常在炒菜的时候，泡一些香菇提味儿。可爷爷总是咬不动，都会夹给我吃。我常常开心不已，心想，爷爷真好，他不爱吃的正好我爱吃，全都是我的。

多少年过后，我就这样悄无声息地长大，爷爷奶奶却在不知不觉中老去。我把一切当作寻常，却从没有想过有一天，我将再也吃不到奶奶做的饭菜，再也看不到爷爷那慈祥的笑脸，再也无法重温那些过去了的岁月。

我似乎从未想过失去，但却真真儿地彻底失去了。

我曾在那一方天地中，走过了青春，走过了叛逆，却走不出过往拥有的记忆。眷恋，像是捆绑在我心间的绳索，绑着我的思念，锁住我深爱的地方，与曾住在那个地方的身影。

怀想，是一种思念，也是一番醒悟。我常常在想，倘若当时知道有尽时，我一定会更加用心地感受拥有的每一天，更加认真地去品尝并记下每一道饭菜的味道，更加认真地对待那些相伴在一起的每一个瞬间。我想要更深深地铭记曾经以为无绝期的每一个日日夜夜，我想要用尽力量去珍惜，也想要让爷爷奶奶知道，我对那一切的珍视。

可惜，我没有。过往种种，我不过是以一种再平常不过的心境去相对。因为不曾失去，所以难懂珍惜。而今，我追悔，我留恋，我想念，我渴望，却再也没有机会。

人生总是这样，得失无常，再美好的东西，也无法拥有太久；再痛苦的东西，也终将散开淡去。所有的经历，都是一种修炼。走远了再回首，就会发现，遇到的一切都会让我们变得坚强和清醒。

所谓失去后才懂得珍惜，就是慢慢地发现，原来有很多该做的事情都没做，有很多该说的话都没说，有很多该珍惜的东西都没珍惜，却已经再也回不到那想念的过去。

所幸，终究也是学会了珍惜。哪怕错失了上一程，只要不再错失更多。生活就像骑自行车，仿佛只有不断前进，才能保持平衡。今后的日子，无论如何，细数拥有，珍视于情。用一颗善良之心去款待每一份情意，用一颗宽容之心去恩待每一位朋友，用一颗理解之心去诚待世人，用一颗仁爱之心去善待每一个亲人。

大海因珍惜每一条小溪而广阔无垠；树叶因珍惜每一缕阳光而发荣

滋长；群山因珍惜每一块砾石而连绵巍峨，生命因珍惜每一份拥有而无憾于心。

无法重来的人生，永远不可复制。无法倒回的岁月，不会因为你的后知后觉而许你一场无尽的相逢。珍惜每一份缘分、每一份拥有。既相遇，必相惜；既有缘，必在意。唯有珍惜，才对得起你曾经的拥有；唯有感恩，才融化你生命的艰难困苦。

在这写满相思的岁月里，我把珍惜，拌一抹回忆，磨碎成粉，细细撒满我生命的每一个角落。我想念的、亲爱的、无可取代的人，感恩这一生，有缘相遇，深情相伴。扶我站立，搀我行走，教我做人，育我品格。纵然今生缘尽，我已失去了你们的庇护，但我会珍惜这一路走来的每一次光照，将它们绽放成一道耀眼的光芒，照亮余生所有的路途。唯有珍惜，才能刹那永恒。

每逢佳节倍思亲

蓦然回望，又逢中秋。片片桂花悠然绽放，一抹芳影暗香涌动。

台历上，几张象征时光流转的纸，被撕掉一页又一页。走过的旧时光，已无法拾捡，就像那飘落的秋叶，随风散去。余下的，已经是薄薄的一段，就温在金秋日渐清冷的光影中。

美丽的月光，就像秋日的一瓢凉水，泼洒了一地，载着红尘的呓语，也载着明月的静谧。地面披了一层银纱，窗棂镀了一层白金，皎洁的月光用白纱装饰了大地的美丽，道路旁的灯光陪伴着树影，灯光与月光浑然一体，显得格外澄净而美丽。

听风浅吟，伴月清唱，我踩着一缕秋色，漫步在灯火阑珊处，微风从家家户户的窗前吹过，送来了月饼和水果的清香。

望天空，一抹深蓝，仿若飘带，伸向远方。星闪如眸，皎月如洗。秋之洁爽，月之铅华，夜之思意，心之所感。中秋之月，显得清冷，显得孤傲，却又那么冰清玉洁，惹人喜爱。

在那如画的月光中，我仿佛看到了山川，看到了大海，看到了嫦娥那婀娜的身姿，更看到了月下老人那慈祥的笑脸。山川蜿蜒起伏，大海波涛汹涌，嫦娥美丽动人，月下老人善良忠厚。我在月光的美丽画卷中徜徉着，享受着。

想起那月中的嫦娥，便也想起那痴痴守望数千年的吴刚。不知痴情的男子何时能感动仙姿玉貌的嫦娥，好蟾宫折桂，终成眷属归。转身静安一隅，在诗书熏染间，采弦上月华，拔流水芬芳，把丝丝柔情盛开为古老传说的花朵，永不凋零。

冰冷的月色，轻轻地抚摸我抬头遥望的脸颊，犹似一双被秋风吹凉的温柔手，虽冰冷，却满是柔情。月，你可知千百年来，多少文人墨客钟情于你，千丝万缕的情思寄托于你，思念怀想沉醉于你？你是天涯游子肝肠寸断的寄托，亦是归心似箭人的思念和情感知音。

明月清风为伴，踩着古韵悠悠的节拍，一路上对影成歌，已然高悬中天。站在红尘之外，看千山万水，船过，水无痕，雁过，未留声。"飞花已逐东风去，丹桂偏能留晚香。"仿佛是远歌拂着细碎的花，自心头开落，又逶迤心中。

人行雨中，月舞云后。夏游冬回，斯时中秋。敬伊如月，莫能相守；爱伊如梦，何可以求？月到中秋分外明，暂借月儿寄衷情。可以想象，多少一往情深的眷侣，借月寄情，最是浪漫。而我，在此刻，最是想起那几句经典的诗句，应景而还："海上生明月，天涯共此时"；"露从今夜白，月是故乡明"。

想到故乡，便想到故人。于我而言，心中的故乡，那方热土，那处院落，之所以是我心中的故乡，是因为那里曾有从小陪伴我长大的一双老人。而今，故人已逝，院落已空。我能想到昔日那散发着浓浓爱意的偌大的院子，而今，在这中秋之夜，秋寒料峭，沉寂无声，只有一院清冷皎洁的月光，包裹着那些曾经有过的团圆与欢乐。

"人有悲欢离合，月有阴晴圆缺，此事古难全。"

人比黄花瘦，日月照今古。清冷的风，飒飒地吹响月夜下的枝影，一粒尘埃，飞入眼中，一滴清泪，便滴落在银白的月光中，犹如夜空下绽放的烟花，绚丽却难以封存，只有残留的余温，满怀思念的哀伤，铺满了心绪的离愁，泪眼凝眸。今夜月明人尽望，不知秋思落谁家？

　　圆圆的月亮，高悬于深邃的苍穹。此刻，有凝重的云块，飘浮在周围，犹如那些心存想念的人儿，写满相思的泪滴。那缕无法泯灭的思念素光，是否也可以寄托于那片沾湿的云彩？

　　最是中秋月色美，风沙吹落的眼泪，漂洗着心中的思念，沉淀为美好的祝福。前庭明月撒柔光，后园桂花沁芬芳。浮云秋水共天长，花好月圆人安康。

冬日的清晨　思念凝霜

　　从来，都不觉得自己是那种拿不起放不下的人，生活中很多时候，向来干脆利索，处事果决。却唯有心中那份重情，成为一把枷锁，桎梏于身。

　　人活一辈子，什么事情不经历，什么悲喜不遍尝？到底是我经历的岁月太肤浅，还是事情本身太凝重，何以让我久久深陷，不能自拔？

　　近日，想念至深，难以自控。常常，心间只是微微地想到那么一点点，眼泪就已经夺眶而出。我便赶紧告诉自己收起来。可想念的洪流，一直在内心奔涌不息、澎湃不止，浪打沙滩，星星点点皆是痛。漫长的岁月，吃得饱饭，穿得暖衣，却就是治不了心伤。

　　此番重伤，不为其他，正是我那先后离去的爷爷奶奶。

　　这些日子以来，我用我所有解读到的书本知识，以及我个人崇高的信仰，全力地稀释这件终究是人力无法改变的事实。我知道很多道理，却抵挡不了想念的情深；我明白生死轮回，却就是无法释怀。

　　其实，没有谁能够陪得了谁一辈子。别人陪不了我一辈子，我也一样陪不了别人一辈子。可即便如此，失去就可以不痛，永诀就可以不想吗？就算是寿终正寝，就当真能够化悲为喜吗？对于你爱的人，哪怕活一千岁，你都不会觉得多。

多少次，我将心中的情感兑换成一行行文字，可行文如水的岁月，依旧典当不了我深深的眷恋和依赖。那曾经在我生命中最是知冷知热的人儿，那些如诗般流淌浸润我成长的过往，让我怎么能够随着一场生离死别而忘记一切？

我承认，我是贪心的。我贪恋曾经有过的所有感觉，那种被深深惦念又切切关怀的感觉，那种被疼惜包围到让你都觉得不自在的感觉，那种一双眼睛就像射线般打在身上不再移开的追随，那种罗里吧嗦不惧被嫌烦的叮嘱。她懂我，了解我所有脾性；他疼我，容忍我所有任性。他们爱我，不是父母却胜似父母。

我一直觉得，作为父母来讲，抚养子女是应尽的义务。可爷爷奶奶对我的抚育之恩，胜过所有父母对子女的那份寻常恩重。只是我从来都没有认真地想过，有一天，我会失去他们，彻底、永远地失去。

苍茫的夜色，注入神志自由的空气，我总是在这样的时候，游离到一种意想不到的意境中。我分明看到两具森森白骨，依稀透着爷爷奶奶熟悉的气息，但却再也不复昔日的温热。我难以接受，我那至亲的人，会成为如此模样。一直以来，在那些看不见的日子里，我都哄骗着自己，他们还在，只是我没有回去看望而已。可是，每一次的梦境，都会或清晰或隐晦地告诉我，他们已经永远离开我了，尽管这一现实很残酷。

有生以来，所有那些得不到的，我都可以不要；所有那些拿不起的，我都能够放下。唯独，我想要我的爷爷奶奶。在这件事情上，我说什么，都迈不过去。曾经，我把现实当幻境，我无助地迫切地祈求，祈求上天能够帮我将爷爷和奶奶留下。然而，却一个都没有能够留下。而今，我把幻境当现实，我一次一次地渴望，这不是真的，就在我念念不能自持的时候，只要我朝着曾经的方向，走上蜿蜒的道路，我就能看到那两个给予我生命之光的身影。他们的笑脸，依旧慈祥；他们的眼神，依旧关切；他们的叮嘱，依旧温暖。

可事实却是，天之涯，水之湄，就算是云海之巅，我也再无迹可寻了。那是一种可怕的绝望，是一种无奈至极的无助，是无论你愿意付出怎样的代价，都换不来的一场交易。开车，走在回家的路上，车里的一首《卜卦》让我想起了那些初逢逝亲、悲痛到恍惚的日子，我单曲重复着一首歌从早到晚，却就是不能相信发生的事情。伴着歌声我放声大哭，眼泪滑落，却洗不掉我刻骨疯狂的想念；泪眼朦胧，我再也看不到我最想见到的那两张脸。我失控地呼唤，你们是否还能听得见？看看我啊，哪怕让我看看也好。不能接受，直到今日，直到此刻。倘若谁能告诉我，去哪里可以再见，我一定会义无反顾。

怀念，是最痛的领悟，没有谁可以陪着谁一辈子不老。以前，没有经历过，对于别人的事情、别人的感悟，总是不痛不痒、轻描淡写。后来，岁月无情，给了我最沉重的打击，击溃我多少年坚毅的冷漠，让我成为那个说不尽道不完的伤情人。

或许，执念成殇，但这份执念，我宁愿坚持一辈子。

思念如花　为你绽放

　　我一直都是一个多愁善感、用情较深的人。我想，这可能是大部分文字工作者的共性吧。若不是心细如尘，又何来那么多丝丝缕缕的感触？若没有那番真情实感，感动不了自己，又如何触动他人共鸣？

　　一个人独处的时候，更是对自己的一种坦诚相待。文字是自己的内心独白，不管有没有人欣赏，都不能阻挡它的倾涌而出。也正因为文字走心，才需要懂得之人来解读。

　　最是真情，才能触动人心最柔软的地方，也最是走心的文字，才更加容易走进别人的内心。

　　常常，一个人的时光，我会在一首歌曲的单曲重复中度过。每一种情感入心，都值得咀嚼、回味，然后一点一点地消化。我知道，昨日的太阳晒不干今日的潮湿，我们不应该活在过去的追忆中。奈何，人生总有那么一些事情难以释怀，总有一些记忆深刻于心。

　　多想，过往的岁月，可以随着一场花谢而枯萎，不再盛开；多想，那些想念的面孔，可以随着一场冬雪而融化，不再萦绕；多想，经年所有的无可挽回，都能伴随一场风烟，而消散不再，免去苦楚。

　　冬日的寒冷，化作一阵无情的冰霜，竟将去年今日的情景，冻得不省人事。伫立在晨光微晓的十字路口，我多想自己能够化作大雁，飞近那时光，飞到他们的身旁。

　　眼泪滑落的瞬间，一抹晶莹的光，带我回到了心中走不出的幻境。同样是寒冷的冬季，我透过窄小的玻璃窗，看到了那张既熟悉又消瘦的脸。伸出手，紧紧握着的手掌间，依旧传递着暖心的温度。依旧是一个冰冻三尺的日子，我看到一副穿戴整齐而又僵硬的身体，一双发黄的手，再也没有了昔日的温度，紧闭的双眼，没有再看我一眼。在一个多少年罕见的大雪纷飞的早上，天是白的，地是白的，衣服是白的，就连空中，都依旧纷扬着白花花的雪。我没来得及换上雪地靴的脚上，一双普通的旅游鞋，早已在深一脚浅一脚的雪地里，灌满了冰雪，又化作了冰水。我在天地同悲的一片苍茫中，抱着遗像，跟随着缓缓前行的灵车，为我怎么都不相信会就这样突然离去的爷爷，送上那最后一程。

　　我知道，奶奶的离去，是我有生以来，承受的最大打击，那曾一度是我生命中最悲疼而又无法言说的日子。我一直都觉得那只是一个梦，梦醒时分我看不到人，难过，就像找不到母亲的孩子，眼泪，早已不足以挂怀。然而，爷爷的随后离去，让我崩溃的心情雪上加霜。我知道，生老病死是常情，是自然规律。但是我不知道，生离死别是那般的痛不可言、悲不能抑、念不能掩、狂不能持。那就像生生地被扯了心一样，岂止是疼啊？时至今日，依然痛彻我心，想念入骨。

　　我拼命努力地将有关他们的记忆，尘封在一扇心门之外，多少次不自觉地叩响心门，我都极力地克制、分散，却没有多少次能够成功阻挡。我多想，还能再看一眼。回想曾经，我有那么多机会在一起，为什么都没有好好地郑重地多看一眼，然后全部封存起来？

　　我想要再摸一摸那温热的手掌，我想要再亲一亲那绵软的脸颊，我想要再抱一抱那有着熟悉味道的身体，我想要再过一天和他们在一起的日子；我想要见面，我想要在一起，我想要他们能再回来，看看我……

死，到底是一件多么可怕的事情，它就像一个黑色的魔鬼，可以让一个人瞬间消失，彻底隔绝。天大地大，再也找不到一丝踪影；上天入地，亦是阴阳永隔。再多的眼泪，也唤不回一次回眸；再多的呼喊，也得不到一丝回应。

我极度地想念，疯狂地想念，我从来没有想过，从小陪伴我长大的人，怎么会离开我这么久？怎么会一去不回来？怎么就会再也看不到？

我以为，我不说，就能压抑得住内心的狂思如潮；我以为，我不去触碰那些过往的岁月，就可以忘记这悲伤、这痛楚；我以为，时间会稀释那浓稠得化不开的情结；我以为，我努力地克制，拼命地压抑，就能过去，就会坚强。

其实没有，我的想念没有停，我的呼唤没有止。他们离去的悲伤，从来就不曾淡去。流星滑落的夜晚，我许下最虔诚的愿望，祈求这如水的月光，能够载着我千古的祝福，直抵爷爷奶奶的身旁，温暖那心房……

记忆是一抹融化于掌间的冰水

　　这是一篇我很久之前就想写，却一直因为内心的不愿触碰，而拖延于心的文字。也许，时间是最好的良药，它可以治愈岁月划过的沟壑，抚平那些光影残留的风霜。

　　岁月无声，却有痕。纳新吐绿，是春的昭示；蝶舞蜂忙，是夏的妖娆；落红不语，是秋的沉静；千山暮雪，是冬的凛冽。而文字如水，是流过我心间的一汪清泉；连字成章，是踩踏在时光前行路上的一串脚印，一步一印都是我曾经路过的见证。

　　当北方的冬季再一次在追风蹑影中凛冽刺骨的时候，那些如风逝去的往事，也随着岁暮天寒，散碎成了漫天飞舞的雪花，片片纷飞，片片零落。

　　张开手掌，一片雪花融化成水，湿润了记忆。于是，我清晰地忆起了那看似寻常却再也找不回的一幕。

　　那是一个寻常的日子，初冬，还没有当下这份严寒。只不过因为奶奶的离去，让骤然孤身的爷爷，显得多了几分沧桑。也正是因为这样，我才苦口婆心地劝慰爷爷，想让他到我家来，陪我来住两天，其实，就是想让爷爷走出那个触景生情的环境，散散心。尽管，爷爷只答应来我这儿住一晚上就走，我也依旧觉得，这对于一直不肯离开老院子的爷爷来说，有突破就是好的。于是，我兴致勃勃地回去，把爷爷接了过来。

八十多岁的爷爷，虽然身形消瘦，腰杆笔直，但走起路来，依旧不免有几分蹒跚谨慎。一向不服老的爷爷，不禁感慨地对我说，现在真是老了，以前年轻的时候，爷爷骑着自行车，驮着你奶奶，到呼和浩特市还打个来回呢，那可是往返百公里的路程呢。那时候，路又不好走，坑坑洼洼，就那，也啥事儿不误。那会儿，城里的各个地方，几乎没有哪儿是爷爷找不见的。现在不一样啦，建设得越来越繁华，难怪你总说不能乱走，没有人领着，还真能走丢了……

向来，我是一个极度的路痴。我想，对于路痴来讲，找不着北，和她本身在这个城市住了多少年，毫无关系。所以，即便我好不容易把爷爷接了出来，我也只能就近选一个公园，陪爷爷转转，然后，找那家最常去的饭店，带爷爷去吃顿饭。也许，做什么并不重要，重要的是那份心情。我看到爷爷久违的笑脸，洋溢着令我感到幸福的慈祥，我确信，我爱爷爷，很爱很爱。

和爷爷在一起的时候，我总是会想起小时候爷爷疼爱我的样子，那般耐心，那般呵护。如今，我已然长大，上了年纪的爷爷，如同已经过世的奶奶一样，在我心中都是可爱无比的孩子。我有足够的耐心，看待人老的笨拙与缓慢，也有足够的爱心，包容老人的无知与任性。因为人老了就是个孩子，你看他可爱，他就足够可爱。

晚上的时候，我安顿爷爷洗澡。我提前把卫生间的浴霸开到最大，把房间暖上。然后告诉爷爷，哪个是洗发水，哪个是沐浴露。告诉爷爷哪边是热水，哪边是凉水。爷爷识字，但我就想都安顿好。澡巾、浴巾都摆放好，浴室是推拉门，平时自己洗澡也不觉得，想着爷爷自己洗澡，我就再三嘱咐爷爷一定要小心脚下打滑，并且给爷爷拿了一双防滑拖鞋。我告诉爷爷，我就在门外，有什么事情，喊我就行。

听完我的嘱咐，爷爷就去客卧把外面的衣服都脱了，只留了秋衣秋裤，乐呵呵地进去了。

隔着卫生间的雾化玻璃，听着里面哗哗的水声，室内浴霸打出一窗暖色，黄茸茸的，温暖着清寒的夜色。不一会儿，我听到爷爷叫我搓背，我站在门外问，我现在方便进去吗？爷爷说方便。我推门进去，穿好内裤的爷爷，裸露着肩背，站在浴室外边，微微佝偻着的腰身，在蛋黄般的灯光下，显得那么瘦骨嶙峋。

我问爷爷："感觉冷吗？"

爷爷说："不冷，挺暖和。"

我说那就好。一些泥卷儿随着我的话音滚落到了地上。我说搓好了，再进去冲一下就好了。

爷爷略有不好意思地看着我说："不知道为啥，出来的时候感觉水不热了。爷爷已经都冲好了，就背上这点儿，擦擦就行。"

我抬头看了一眼热水器，显示四十多度，想必是放水时间较长，没有热水了。我对爷爷说："没事儿，不冷的话稍待几分钟就好了，不然咱就先擦擦，把衣服穿上。"

爷爷一副征求我意见的表情，看着我说："咱穿衣服吧。"

我说："行，那咱穿衣服。"

我把一条珊瑚绒的浴袍给爷爷穿上，系好腰间的带子，扶着爷爷一起去了客卧。

爷爷高兴地看着身上的珊瑚绒浴袍说，这是个好东西，绵乎乎的，这么长，把脚腕儿都包上了，一点儿都不冷，好东西，哈哈……

我说："浴袍晾一下一会儿就放在枕边吧，万一晚上需要上卫生间，记得披上，不冷。把秋衣秋裤穿好，来我卧室，我给你看《武林风》。"

爷爷高兴得合不拢嘴，独自坐在客卧床上窸窸窣窣地穿着衣裤。

我的卧室有电视机，爷爷最爱看的就是拳击节目《武林风》。每次只有周六日播放，爷爷总是熬到很晚，一直追看着。来我家就不一样了，电视联网，想啥时候看就啥时候看，想看多少期就看多少期。尽管我向来有洁癖，不喜欢别人进自己的卧室，睡自己的床，但我一点儿都不嫌弃爷爷。我让穿好衣服的爷爷躺在床上，然后给爷爷放开电视机，爷爷便津津有味地观起了拳击比赛。看到关键时刻，爷爷还情不自禁地手舞足蹈。

我便坐在床边给爷爷剪起了脚趾甲。印象中，那是我第一次给爷爷剪脚趾甲，没想到也是最后一次。一直都觉得爷爷状态好，从不认为爷爷真的有多老，所以，总是照顾奶奶多一点。直到奶奶离去，才发现同龄的爷爷也已是耄耋之龄、蹒跚之态。没想到，不知是发现得太晚，还是爷爷老得太快。只是一个意想不到的瞬间，爷爷就病体孱弱到再不能起床。

仅仅三个月，爷爷就与世长辞，快得让所有人都来不及接受。很长一段时间，爷爷用过的毛巾就挂在卫生间一进门的地方，我一直觉得，爷爷还会再来，从只住一天，到愿意多住几天。可惜……

直到现在，每当我站进浴室洗澡的时候，我都会想起爷爷。想起爷爷鹤发童颜的面孔，想起爷爷满脸慈祥的笑容，想起爷爷微微佝偻的身体，想起爷爷那一贯小心谨慎的态度……

那些渐渐冰凉的记忆，就像冬季里的一场飞雪，飘零、融化，又冻结，却又始终无法消逝……

断雁西风已归巢　却留相思在人间

那一日，朗朗晴空，风和日丽，我站在阳台上，看着因为我临时有事而过来陪我待了一天的弟弟离去的背影，心中一阵阵地失落和怅然。

我总是习惯多愁善感，相聚总是好的，分别总是令人心存不舍和留念。那种暗夜的寂寥与漆黑，那种陡然下滑的心情，最是容易平添几分忧伤。于是，我立刻拨通了弟弟的电话，告诉他，别走了，反正姐也没事，不如姐开车送你回去，顺便姐想回趟爷爷奶奶的那个院子看一看。

有个弟弟的好处就是，无论何时你想去哪儿，只要你需要，你就可以毫不客气地把他拎出来。那种理所应当的感觉，是任何旁人都不能取代的。我甚至不必过多地考虑他是否乐意。但我知道，他不会拒绝。

果然，我那虽然已二十出头，但在我眼里依旧是个孩子的弟弟，二话没说，本已上了公交走了一段路程，接到我电话后，又立刻下了公交，返了回来。并且对我说："去爷爷奶奶家，我陪你去。不过咱都没钥匙。"

我说："没事儿，就在大门口看一看就够了。"

好久没有走上那条熟悉的道路，我是一个奇葩的路痴，曾经就是这条新修好的回爷爷奶奶家的路，都是先生带着我走了一遍又一遍过后，在我自己走错一次又一次之后，才记下了。那时候，因为奶奶生病，为了方便我自己经常跑回去看望奶奶，我就特意熟悉了回去的路。后来，奶奶走了，就回去看爷爷，现在爷爷也走了，就回去得少了。

浅秋的午后，日头依然很盛，晒得路两边的草木慵懒无力，一副无精打采的模样。弟弟就坐在副驾驶的位置上，我们听着曾经在爷爷奶奶家一起听过的歌，有一句没一句地聊着在爷爷奶奶家共有的记忆，我的眼泪一直在眼眶里打转。

我是一个喜欢没事儿找虐的人。明明知道会触景生情，却偏就是想要回去心痛那一回。

途中，接到父亲的电话，得知我们在回爷爷奶奶家的路上，父亲说："你们连钥匙都没有，大热天的跑回去干啥去？实在想回去，就路过我单位找我把钥匙拿上。别又像上次那样，一个人跑回去，站在大门外哇哇大哭，惊得邻居都跑出来看你，成什么样子。"

弟弟说："哎呀没事儿，这回有我呢，我陪我姐回去。她就想站在门口看看，不干啥。"

我和弟弟说："听爸的，取一趟钥匙，反正马上路过单位，省得他又着急。"

我和父亲说："好了别操心了，我们一会儿就过去拿钥匙去。"

父亲的单位离家很近，我和弟弟两人干脆回了父亲的家。母亲上班不在，父亲下午休息，刚好回来。他终究还是不放心我们姐弟俩自己回去，又担心回去会不舒服，又害怕我们临走时会锁不好门。弟弟埋怨父亲太操心，我也觉得没必要浪费了父亲本该午休的时间去陪着我们，但又了解父亲的性子，就随了他的想法，一起回去。

放下我的车，弟弟开着父亲的车，继续向爷爷奶奶家走去。十几分钟的路程，坐在副驾驶位置的父亲，都不忘对刚拿到驾照的弟弟，在细枝末节上进行谆谆教导。我依稀看到了曾经父亲教育我的影子。尽管当年觉得唠叨，如今却样样受益。我告诉弟弟，要好好记下父亲指出的不足，严加纠正。

不知不觉，我们就到了。下车后，我静静地伫立。两扇满载岁月沧桑的木门，紧紧地闭着，一把从我记事起就有的铜锁，将所有的过往岁月，无情地封锁起来。大门两边，一块鹅黄色和一块青蓝色的石头静然炙烤在烈日下，摸上去，滚烫炽热。

父亲走过去，将一把同样雕刻着岁月沧桑的钥匙插进铜锁，轻轻一拧，铜锁便打开了。父亲双手推开大门，同时，也推开了我尘封于心的所有记忆。

好熟悉的情景，那种熟悉的深刻，仿佛恍惚了真实，让我觉得如梦似幻。放眼望去，我仿佛看到了爷爷奶奶的身影，依旧笑脸相迎。那一刻，我忘乎所以。我加快了脚步，冲着爷爷奶奶的房间走去，窗明几净，却寂寥无人，只有两个镶着黑白照片的相框赫然夺目。

骤然，我已是泪眼朦胧。父亲打开了爷爷奶奶房门的锁，弟弟也随后而入。我却转身，走进了爷爷奶奶的院子里那依旧苍绿葱茏的菜园，蹲在一角，掩面恸哭。

这菜园，是爷爷奶奶生前在家为锻炼身体而开辟的，每年一到成熟季，爷爷奶奶就会给我们打电话：啥时候回来呀？回来拿点豆角吧，西红柿也红得挂不住了，韭菜也长老了，再不吃就都糟蹋啦。

于是，我们就抽时间回去，今天这个回去，明天那个回去，每次走的时候都大包小箱地带一堆蔬菜，爷爷奶奶便喜笑颜开。而今，虽然爷爷奶奶都不在了，但父母伯父他们依旧如同往常，各样种了这些蔬菜。我看到园子里长有二尺长的葱苗，那个还是爷爷撒下的葱籽长大的葱苗呢。可惜，小苗已长成，播种人却已不在。

为了不惹父亲伤怀，我努力地调整了自己的情绪。自从爷爷离开以后，我已经好久没有回到院子了。阔别已久，我深深地怀念。于是，我走遍院子里的每一个角落，认真仔细地端详这一砖一瓦、一椽一檩。它们的样子当真是那么的熟悉啊，亲切得就像是我身上的某一寸发肤一样，让我恨不能冲上去将它们紧紧拥抱一番。

我看到那一沙一砾，都写满了我的成长故事；那一花一草，都讲述着我曾经的往事。甚至就连我儿时玩儿过的蚂蚁洞，它都依然停留在原来的那个位置。我看到那些小蚂蚁，一如儿时我看到的一样，匆忙进出，不停地搬运。

抬起头，我看到湛蓝的天空上，淡淡地飘浮着几朵白云，一排极具风水宝气的砖瓦屋宅，在碧蓝辽阔的天空下，更显得静谧与安详。

这时候，父亲从屋里走出来，对我说："今年的菜园长得格外好，这蔬菜又该摘了。叫你弟，半天也叫不动。"

弟弟在家习惯懒散一些，我看到父亲略有愁容的样子。其实，父亲的性子又何尝不是与爷爷几分相像，一点小活儿就容易犯愁。我现在越来越懂老人的心思了，对他们内心的窥探与懂得，源于用心地经历了爷爷奶奶的生老病死。不论年轻时多么体面能干，人都是越上年纪越像孩子。尽管父亲还不到五十岁，但我依旧能够以足够理解的心态，去对待父亲的每一个细节。

我说："没事儿，不还有我吗？我来摘豆角。"

这是我第一次和父亲在园子里干活儿。以前都是跟着爷爷奶奶在园子里捣乱。摘豆角的时候，我想起小时候奶奶教我的，豆角架上的花尽量不要碰掉，那是将来要结新豆角的。摘的时候，要从豆角的根部掐，不然会拽坏了豆角架。回首间，我看到父亲穿着还没来得及换的工作服，小心谨慎地忙得满头大汗，让我想起了曾经爷爷也就如这般忙碌的样子。

不一会儿，该摘的菜都摘完了，该收拾的活儿也都收拾好了。父亲露着灿烂的笑容说："幸亏有你，这也算摘得差不多了。那些剩下的还嫩着的，就让它们再长长，哪天抽空再回来摘吧。"

那一刻，我觉得父亲是那么可爱。其实，老人是最容易满足的。有时候，也许就是一句话、一件小事，就足以慰藉老人那颗满是小小期待的心。

父亲回屋后，我依旧一个人游走在院子里。爷爷家的院子真的是大，平坦、整齐，哪怕现在已无人居住，也没有一丝破败的气息。红砖铺就的小路，在几场秋雨的洗刷过后，越发红得正气，净得朗然。

偏房里，停放着爷爷骑过的自行车，以前经常驮着我去供销社买零食的横梁上，落满了尘埃，静寂无声。我看到昔日奶奶做饭的厨房，锅灶上盖着一层又一层的纸片，上面了蒙上了厚厚的尘土。一口多年的压水井，虽然退休于后来的自来水，但也依旧笔直地挺立于院子的西北角，像一个雄赳赳气昂昂的士兵，独自守护着这院落、这时光。多少年前，爷爷偶尔挑水用的两只铁桶，已然锈迹斑斑，像极了一个饱经风霜的老人，正瘦弱无力地倚墙而靠。印象中，它是那么的结实而厚重，如今不知是我长大了，还是它被岁月风化了，总觉得瘦减了不少。就连我儿时经常爬上的墙头，也都变得矮了几分。轻轻一跃，便可立于其上。风景依旧，蓝天依旧，唯有故人，无处寻。

院南偏房处，昔日的麻雀窝依然还在。只不过以前淘气，掏麻雀要搬大凳子来，现在却已是触手可及。

蓦然抬首间，我突然看到了触动心弦的一幕：爷爷的毛笔字。我略有惊喜地赶紧拿出手机，拍下来爷爷的笔迹。不知那是多少年前留下的笔迹了。以前过年，家里贴的都是爷爷亲笔写的对联。后来这些年，怕爷爷累，对联就都买现成的了。也就是只有这无人问津的偏房檐下的椽檩上，还能残留下多少年前爷爷的毛笔字春联。尽管已经破旧不堪，但依旧可以清晰地看得出爷爷的笔锋笔力，依旧可以供我回想起那每年春节前坐在炕桌边上陪着爷爷写春联的情景。

岁月迁移，物是人非，我站在这旧时光的太阳下，却怎么也找不回旧时光的主人翁。炽热的阳光，闪耀我冰冷的泪光，激滟出五光十色的梦幻。我驻足檐下，久久凝神，想要抓回那所有流失的岁月，却终究不得分毫。

　　人生如戏，既有开幕，就有谢幕。残忍的是，戏中剧情太过情深意重，既相知，难相忘，徒留无尽感伤在心头。断雁西风已归巢，却留痛思在人间。

你曾是我，我终将是你

（一）思念　如影随形

　　时光流逝，如白驹过隙，转眼又一秋。我已经在没有你们的陪伴下，走过了一秋又一秋，对你们从未淡去的思念，如影随形了一季又一季。我的脑海里，常常浮现出过往的情景，我们一起共享时光的点点滴滴，就像装订在册的画卷，时不时一阵记忆的风吹来，就直吹得一页一页被翻过，又一页一页被合上。

　　三冬三夏，难掩失去的落寞；三春三秋，不褪思念的浓情。于是，午夜梦境，你们总是一次又一次地出现，让我重温生命的温暖，陪伴的心安。我看到你们熟悉的面孔、熟悉的神情，甚至能嗅到熟悉的味道，熟悉得让我沉醉，让我生出错觉，让我不舍得打破这梦境、这团聚。

　　然而，曾经失去的那一刻，太过痛心刻骨，那于我，犹似山河崩裂的无措与打击，犹如晴天霹雳般渗入我的神志，于是，那悲痛的一刻，总是在我梦中重演，一遍复一遍。

最是那一刻悲痛欲绝，却最是那一刻频繁重演，每一次梦醒，都让我无限伤感与怅然。当思念成为一种习惯，一切便无须言说。放不下如何？自然规律又如何？直到真正经历过后才懂得，那些曾在你生命的画卷上留下浓墨重彩的人，就算多少年不见，他们也依旧鲜活在你的心中。

生活中的每一天，无论你是坐着躺着、走着站着，无须刻意，就是那么自然地想着、念着，回味着；日常琐碎，一句话、一个细节，甚至是一个相似的情景，都能让你想起他们曾经说过的话、做过的事和教会你的点点滴滴。

曾经不懂话中意，而今已是话中人。教我如何能忘怀，又如何不思念！

（二）每一美好的时刻，都想有你共享

曾经年幼，备受父母家人呵护与关照，承蒙不弃，长大成人。每个人，都有自己格外在乎和想要保护的人。于我而言，曾经列于首位的，则是爷爷奶奶。

然而"树欲静而风不止，子欲养而亲不待"。曾经无能为力，心有余而力不足。而今逐渐具备了实现所想的能力，我最想报答的人却已双双寿终正寝。是怪我成长得太慢，还是怪年龄叠加得太过迅速？何以不让他们多待我几年，让我还一还这一世的恩重如山？

幼年坎坷，本该几多凄苦，却备受护佑恩泽，换我现世安稳。而今，每每美好幸福，心中皆不由遥想天人，倘若还在，我定带你们享美食佳肴、观四季花红。

常常，在十分欢悦之时，猛然念及我想念的你们，心中一阵刺痛，不禁泪眼婆娑。我想说，承蒙厚爱，你们曾经最不放心的那个孩子，如

今一切安好。你们可曾看到，可曾感知？

我想要你们，与我共享每一个美好时刻；我想要你们，与我共赏每一处丰山瘦水。我能想象出你们慈祥喜悦的笑容，也能想象出你们会应景而出的每一句言语。我什么都可以想象得到，因为那是我对你们深深的了解与懂得，却就是再也无法看得见、摸得着。

这尘世，何其残酷。说什么有失才有得，可倘若年龄的增长、岁月的沉淀，要以我们至爱之人来换取，那我宁愿不要。如果我们不会长大，我们的父母亲人是不是就可以永远年轻？如果我们不要成熟，我们所在乎的人，是不是就不会被岁月推至生命的尽头？

可是，倘若不长大，如何对得起抚育之人的含辛茹苦？如果不成熟，又如何有机会报答受恩之情？

（三）你曾是我，我终将是你

生活中，有越来越多的时候，让我想起爷爷奶奶曾经对我说过的话。那循循善诱、那谆谆教诲，虽说曾经理解不到，只觉是教，便受、便记。而今，过往那些存于记忆、藏于心中的话语，就像是一本生活秘籍，随着流年日深，日渐经历，便逐一悟得其中含义。

尤其是奶奶，让我越来越觉得，她曾是我，我终将是她。

她也曾年轻，也曾貌美如花，也曾有自己的追求与梦想。后来，全部被生活的琐碎，与对子女的殷切盼望所取代。

那一生，为了孩子而操碎的心，为了爱干净整日洗洗涮涮而不辞疲惫的身，那一天到晚被琐事缠身偶有的脾气，还有要强一辈子哪儿哪儿都讲究有模样的性情，以及虽不识得几个大字，但为人处世自有一套，从不愿亏欠了别人的心性。就连奶奶日常习惯的那些个要求、规矩，那从不拖沓懒散的生活作风，都被我透过时光的屏障，解读得淋漓尽致。

常常会想起奶奶有时候发牢骚的话语，而今我是如何透彻地体会到她的心情；常常回忆起奶奶整日忙忙碌碌总要把家收拾得一尘不染，把地板拖了一遍又一遍，而今，成为两娃妈妈的我，又何尝不是像极了曾经的奶奶，一天到晚有收拾不完的生活琐碎。

　　奶奶的严厉，奶奶的慈祥，奶奶的切切关怀，和奶奶偶有的脾气，哪一样，不被我忆起，又有哪一种心情，不被我理解和体会？

　　只可惜，懂得太晚，我已没有办法如我所想，可以握着她老人家那双无限温暖的手，对她说一句，我都懂。

　　古人讲，"父慈子孝，兄友弟恭"，老人慈善有爱，儿孙子女必然感恩祥和。养儿方知父母恩，这话一点都不假。爱你如宝，才会敬之若神，一生感念。

　　沐浴在祥和与慈爱中的生命，才懂得如何对别人温柔以待。别人以爱心待你，你才会有一颗柔软之心去爱人。

　　家若有慈老，切记珍其教、记其言。多年以后，终会明白，那其中所有的厚爱与期许。她曾是你，你终将是她。生命就是一场轮回，一场懂得，一场爱与被爱，一场生生不息。

求佛

（一）

还记得那个时候，奶奶病重，饮食日益减少，身体每况愈下。我被心头一种不愿直视的恐惧与慌乱笼罩，一天到晚心心念念，就是想着能够出现奇迹，奶奶能够在某个瞬间突然就好起来了，犹似曾经，虽年轻不再，但健康依旧。

我虽不是佛门弟子，但若说信仰，还是信仰佛教的，毕竟也是皈依弟子。只不过日常俗事缠身，少了诸多仪式感。对于大部分居士来讲，信仰本也不是作秀，诸恶不做，众善奉行，心中有即可。

那些日子，我每天都会在心中默默祈祷，我相信意念的力量，一遍一遍地求佛。但自古以来，人之生老病死，乃自然规律，即便是佛祖，也不能阻挡。最后，奶奶还是离开了我们。

奶奶离开后的第九个月，爷爷也突发重疾，不治而终。从此以后，我便在心中切切思念，夜夜梦见。

　　我一直有一种幻想，就是爷爷奶奶还存在于这个世上，只是忘记了我们，不再认识我们。我常常走在茫茫人海，用心寻找，仔细端详着那些和爷爷奶奶神似的老人。我会在心里想，他们会不会就是爷爷奶奶变的？我相信前世今生，相信轮回转世，我相信所有的离别，都会以另一种方式重逢。只是我不知道，我和爷爷奶奶以另一种方式的重逢，除了梦境，还会在哪里？

　　我常常幻想着，就是那么突然的某一天，我在某一个地方的某一条街道，就是那么清晰地看到了我记忆中熟悉的背影，于是我一个箭步冲上去，会惊愕地发现，他们就是我的爷爷或者奶奶，他们一如曾经，一切安好，不老不病，只是生活在了这世上某一个遥远的角落，一个谁也不认识谁的陌生城市。他们虽没有变样，但已经不再认识我，不再记得我们所有人，而我却认得他们。

　　于是多少次走在大街上，我都在寻找，我都在等待，等待着这一刻，哪怕他们不认识我了，也没关系，只要我还能看得到他们，只要他们一切都好，我哪怕只是再看看，也足够了。

　　可是三年多了，前前后后三年多了，我幻想的这些再也没有出现。莫笑我痴，执念成殇，我就是始终不能接受这辈子再也见不到爷爷奶奶了这个现实。

　　我不死心，我天天想、夜夜梦。过往所有的岁月，在我的脑海里重演着一遍又一遍。那些相伴的安暖，那些被爱的呵护，那所有精神上的、心灵上的，以及身体上的温暖、呵护，与陪伴，都让我想念到抓狂，渴望到绝望。

　　于是，我双手合十，在心底一遍又一遍地求佛，请求佛祖能怜我思心之切，助我一助。

（二）

三年过去了，我也以为是该释怀的时候了，毕竟这世上，经历生离死别、生老病死的人，不是只有我而已。人之常情，亦是寻常。可奈何我就是一碰就疼，一念就泪落。我执念成殇，三年了，走到大街上依然会寻找，看到神似的老人依然心疼泪目。

于是，我在佛前苦苦地求着、念着、祈祷着，终于，佛祖被我的痴念所感动。佛祖说："上天有好生之德，念你一片赤诚，感人至深，知恩图报，不忘过往护佑，如此思心之切，便是破例赐你良机，助你还了这一世恩重如山。"

我诚惶诚恐，合十顶礼，并问佛祖："如何助我？"

佛祖说："阿弥陀佛，你想如何？既是圆你之心愿，便当依你所言。也不枉费我破例一回。"

我答曰："如此，还请佛祖勿怪贪心。我想让我的爷爷奶奶都回来，可以不再那么年轻，但健康依旧，并且不病不痛，喜乐安康地活下去，可以吗？"

佛祖答曰："善哉善哉，只一个条件：你若在，便同在；你若终，便也终。因你而复得，故随你而消散。"

佛祖又曰："记住，有生之年，诸恶不做，众善奉行。"

顶礼膜拜："一定谨记佛祖圣言。敢问佛祖，那他们何时归来？"

佛祖轻弹手指，笑曰："阿弥陀佛，你且去吧，去你曾经生活的地方看看去吧。"

言罢，我的眼前便有一道金光闪过，回过神时，我已置身爷爷奶奶的大门外。一如曾经，两扇半圆的大门，关着一扇，开着一扇。上午时分，微风不燥，阳光晴好。我站在大门口向里望去，院落整洁，窗明几净。透过窗户，我居然看到了一个熟悉的身影，在屋子里走来走去。那是奶奶，没错，就是奶奶，她果真回来了！

（三）

此刻，她正像曾经的过往那样，一手扶在大红衣柜上，一手拿着抹布，一下一下地划拉着擦拭。听到院里的脚步声，奶奶转身看过来，看到是我的时候，立刻喜上眉梢，蹒跚着她那小脚，就迎了出来："呀，茹咋回来啦？电话也不打一个就回来啦！"

奶奶说得那般自然，好像这期间什么都没有发生过一样。我看着奶奶慈祥的脸庞、胖嘟嘟的模样，她花白的头发下，一张红润的脸，气色极好，精神状态极佳。她温暖的手掌紧紧地握着我的手，端详着我的眼神，一如曾经那般难以抗拒。

我难以置信这是真的。这时候，我竟然发现我另一只手上还拎着东西，是水果和一些奶奶日常爱吃的零食。奶奶接过去说："回来就行了，每次买这么多东西干啥，吃也吃不了。走的时候你都拿上吧，拿回去给孩子吃。"

我无法抑制住眼泪的夺眶而出。三年不见了啊，我从来没有离开奶奶这么这么久过。我冲过去抱着奶奶，哽咽着说："我想您啊，我真的太想太想您了啊！"这一刻，我早已泪流满面。

奶奶哈哈一笑，拍着我的后背说："想就回来，没事就回来，奶奶也想你。看看那出息哇，这还哭啊？以后想就天天回来。"

奶奶紧紧地将我拥在怀里，我也紧紧地抱着奶奶，生怕一放手，就又找不见了。

就在这时候，爷爷从院子里走进来，边开门边笑着对我说："没注意，茹回来啦？"

我惊讶地扭过头，看见爷爷洁白的衬衫领，翻在中山装外面，裤线依旧清晰笔直的裤子下，是一双连鞋帮都很干净的圆口老北京布鞋。手里拿着一把折叠椅，正满脸笑容地向里屋走去。

放下折叠椅，脱掉外套，爷爷说："和你十爷爷、小爷爷他们在街上坐了坐，没注意你啥时候回来的，爷爷都没看见，你也没看见爷爷？"

我说："哦，我刚回来不大一会儿。"我看到门外停着我的车，于是又补充说："我开着车，可能路上人多没注意。"

这时候，爷爷从电视柜上取出了老花镜，随意拿了一本书，便坐在凳子上开始看书了。一切都和曾经一样，熟悉得让我感到窒息般地心疼。

原来，我佛慈悲，抹去了爷爷奶奶之前生病和离去的记忆。所以他们根本不知道这期间发生的事情。现在的他们也不再有病痛，不再有难过，往后余生，他们都只有健康快乐、平安吉祥。

多好，这样多好！

站在一边的我，看着离别已久的爷爷奶奶，如今若无其事地在家里做着他们日常都会做的一些琐事，一切都那么祥和、那么自然，我简直难以置信，又悲喜交加。

临近中午的时候，奶奶开始做饭。她一脸宠溺地问我："想吃啥？奶奶给你做。"

爷爷听着奶奶要做饭了，立马放下手中的书，摘掉眼镜说："要做啥？我给你打下手。"

我说："啥都行，奶奶做的我都爱吃，我跟奶奶一起做。"

奶奶和爷爷却异口同声地说："不用你，你开车回来累的，歇着去吧，一会儿就好了。"

爷爷把拖鞋放在我的脚下说："换双鞋歇歇脚，累的。我和你奶奶做饭，你歇着。可快呢，一会儿就好。"

说完，爷爷又沏了杯茶水递我手里："坐那儿喝水。"

这时候，我看到奶奶已蹒跚着小脚去院子里剥葱了，一袭阳光洒在肩头，如梦似幻。这一切的一切，都熟悉得犹似曾经。爷爷奶奶的身体硬朗，精神抖擞，他们不让我干活儿的样子，让我想起了过往那些日子，他们就是这样，啥都不舍得让我做。可那时候我还小，现在我早已成家为母，还有什么不会做不能做的吗？

看着爷爷奶奶忙忙碌碌的身影，看着他们鲜活地出现在我眼前，那种失而复得的心情，那种弥足珍贵的感觉，那种可以弥补所有遗憾的机会，那种直到失去后才更珍惜的感悟，让我如若重生。

想起佛祖的话："你若在，便同在；你若终，便也终。因你而复得，故随你而消散。"我便决定，余生，我一定要好好地活着，哪怕只是为了这更久的团聚与重逢……

2019.9.4 凌晨丑时

时光深处，思忆无声

　　四月的清晨，阳光明媚，乍暖还寒的微风，透过纱窗溜了进来，拂面而过。我将一缕碎发掖于耳际，抬起头，看着窗外的蓝天白云，欲吐新绿的枝头，在微风下轻轻摆动，带来了春天的讯息。

　　淡淡的云朵，在海一样湛蓝的天空中慢慢地移动，就像时光的行走，不慌不忙，却从未停歇。

　　伸手触摸一缕阳光，熟悉的温暖，仿佛经年所有的时空都不曾改变，却一直经历着不同的人事。

　　就在这不知不觉的恍惚间，一转眼，三年过去了。

　　想起我三年不曾再见过的她，想起与我分别两年多的他，此刻，我依然会深深地吸一口气，咽下胸口那阵痛，然后才能告诉自己，今生已不可能再见，这不是梦，而是无比现实的现实。

　　好久没有再回过那个曾经的老宅，常常一个人坐在一处发呆，想要再回去一趟。想象着有她的笑脸相迎，也有他消瘦的身影。想起儿时的模样，我蹲在院子里玩蚂蚁，我在大门口晒太阳，我听到奶奶唤我吃饭的声音，我看到爷爷午休时红润的脸颊……

多少次，我轻倚着时光深处的记忆，将自己定格在了那年那情景。我循着记忆的气息误入了梦的缝隙，看见了昔日的模样，一粥一饭、一言一语，一川烟草、一带秋水，我隔着岁月的长河，遥望着过往那些温暖有依的日子。那时候，我的内心不曾漂泊，只有踏实；那时候，我年少不懂愁滋味，只知道在一起，就挺好。

日子就像那指尖的流沙，总是在不经意间悄然滑落。那些往日的欢乐与相伴，在似水流年的涤荡下，骤然变得迷离而模糊，而留下的温暖和美好，便在记忆深处历久弥新。每次念起，就伴着伤感，夹着疼痛。终究，除了怀念，再也回不去了……

三年了，我该去哪里找寻你往日蹒跚的脚步，接受你慈爱的目光，吟听你有点唠叨的叮嘱？快要三年了，我又该去哪里陪你小酌怡情，给你笨拙地做上一顿新鲜的饭菜，看你喜悦欣慰的笑容？

三年了，你转身离去在那人间四月天，从此，你不再眷恋尘世繁华，却让我从此无处倾诉牵挂。三年了，你仓促离去的背影，纷飞漫天雪花。我知道你还有很多来不及说出的话，从此海角天涯，何处落脚何处家？回忆，便成了不朽的芳华。

时光深处，那些泛黄的日记，写满了雾的飘逸、风的呢喃，指尖敲打的岁月，描述着相聚，也记录着某年某月的某一天，我就再也不见了你的身影。

轻轻地闭上双眼，仰起头，让阳光洒满面容，当回忆将我推进往昔的院落之时，我分明感受到了你们熟悉的气息、熟悉的身影，甚至，耳畔能响起你们熟悉的声音。我相信，你们能知晓我们所有的想念。

只有经历过失去与离别的人，才会更懂得爱与珍惜。我想让你们看到我现在的模样，我想跟你们说好多好多心里话。那阵风，那阵雨，那一片一片抖落的花瓣，都有我寄去的千言万语，就连同此刻飘荡在空中的白云，亦是我对你们绵绵的相思。

一个人待得久了，很多话都不想轻易说出来。总是害怕被打扰，却又渴望被拥抱。人生有太多的不容易，可是生活还是要继续。也许会寂寞，会想到身后温香软玉的旧时光，但现实依然会毫不留情地提醒着我们，要继续向前走。哪怕走过了离别，走过了沧桑，直到生命的尽头。

于是，我拾捡着光阴的碎片，将过往舍不下的记忆，拼凑在每个午夜的梦中。那是我失去的你们，在另一个世界对我的深情守望……

花好月圆念团圆

从小到大，在我的概念里，一年当中有两个最隆重的节日，一个是春节，另一个便是中秋。春节团圆，中秋更要团圆。

随着年龄的增长，时代的变迁，现代人的节日几乎是越过越简单。少了很多仪式感，便也少了很多浓郁的节日氛围。

犹记得曾经住在爷爷奶奶家那些年的中秋节，每每想起，都觉得有一种别样的怀念。老一辈人对待传统节日的态度，还是很认真的。

还记得那些年的中秋节，华灯初上，暮色微合，奶奶便开始准备供月。供品就摆在屋檐下正中间的窗台上。有大大的"月亮爷"，上面印着月亮、嫦娥和玉兔，这个"月亮爷"供完以后，是要切成等份，分给家里每一个人的。奶奶说每个人都必须要吃，寓意一家人团团圆圆、圆圆满满。

然后便是各色水果，有葡萄、橘子、苹果、香蕉等等，所有家里有的水果都要摆一些出来供月。不过，梨是不会拿出来供的，因为它的谐音是"离"，在这个团圆喜庆的日子里，自然会规避。

供品里最出彩的，要属西瓜了。因为是拿来供月的，所以也叫月瓜。那些年月瓜不好买，正常生长的西瓜在这个时候基本都下架了。人们都是提前预留，挑那个又大又圆的西瓜，然后放在家中干燥阴凉处小心存放。等到中秋节这一天，将一颗西瓜以花牙的形式，用小刀像雕花般小心地一分为二。红彤彤的瓜瓤，在这秋高气爽的日子里，飘着清新怡人的瓜香，看上去像极了两朵娇艳欲滴的红牡丹，甚是喜庆。

爷爷奶奶家的院子很大，供月之前，各个房间以及屋檐下的灯，都会全部打开。天上明月生辉，地上灯火辉煌，天上月圆，地上家家户户人团圆，一片欢腾与祥和，极好。

那时候我还小，总感觉中秋节的月亮格外大、格外圆。我猜想它肯定是吃多了供品所以才变得那么大，要不然平时怎么没觉得它可以那么大呢？我心里很想知道，它到底是怎么吃这些供品的，又是什么时候来吃的呢？于是，我总是会守在供品旁看着月亮等好久好久。直到该回家睡觉了，我都会隔着玻璃窗看看供品还在不在，有没有被大月亮给吃掉。

那些年过节，特别有仪式感。一家十来口人围坐成一圈，饭菜能摆满满一大桌。边吃边喝，边喝边聊。不像现在，年轻人很少供月了吧？反正我基本不供，即便父母再三叮嘱要供月，也是象征性地出去买个小小"月亮爷"、三五个苹果橘子外加一串葡萄，简单摆一摆，没几分钟，全都收起来了。也没有那么多人聚在一起吃吃喝喝，终究是比不了儿时那种浓郁的节日气氛。

都说中秋节既是团圆节，也是思亲节。其实人生就是丢丢捡捡，一边拥有，一边失去。多少年过去，生命中的有些人，早已永远地离开了我们，留下的，只是无尽的回忆，和回忆中那一轮明亮的圆月。

不知天上宫阙，今夕是何年？

月光如水，撒一地清辉；心静若树，享世间祥和。在这合家欢乐的日子里，唯感家人相伴，相亲相爱，才是生命红尘之中不老的绿树枝繁。

愿我们都能够珍惜身边的亲人，珍惜相聚的时光，珍惜那匆匆岁月中，欢声笑语的每一个美好时刻。

立中秋，思千古，凡人自有平常心。且让我们坐成一个圆圆的月亮，细细地品味人生的奥妙，感受这生活的真谛。任月光如流水，绵绵潺潺，照千古，照今朝，但愿人长久，千里共婵娟。

我又想你了，真的想你了

炎炎夏日，最舒服的事情，莫过于一场绵绵细雨，使得空气凉爽清新不说，更使得苍翠如洗，清风怡人。瞅着孩子午睡的空当，独享一个人难得的片刻清宁。倚窗而立，像极了一只缺氧的鱼儿浮上水面，大口大口地呼吸着透过纱窗扑面而来的新鲜空气，感觉如饥似渴。

碧绿的枝条，在微风中轻轻摆动，看着看着，便出了神。心头陡然跳出一句话：小时候真傻，居然盼着长大……

想完这句话，便情不自禁苦笑了一下，然后，就有眼泪涌出眼眶。

我不得不承认，成年以后的世界，总是一半明媚，一半忧伤。像我这么感性的人，注定逃不掉对那些旧时光的依赖。

不是说长大不好，我只是想说，如果我没有长大，此刻，我想念的人，就不会消失在我的生活中；如果我没有长大，此刻我就不必只是想念，我大可转身穿衣，驱车出发，马上就能感受到团聚的欢乐与幸福。

或许岁月可以苍老一个人，却始终无法抹去记忆。那些生命中印象深刻的片段，会像烙印一样，伴随一生。

下雨的天空，注定充满了潮湿的味道。我在厨房沉默不语地做了一顿饭，是曾经我和奶奶最喜欢吃的，我们管它叫"炖炖"。将土豆擦丝，拌成馅儿，将白面擀开，铺馅儿卷起来，然后再切成小段，放锅上蒸。因为以前跟爷爷奶奶在一起的时候，最爱吃这道菜，所以长大后这是我第一道会做的菜。

那时候，爷爷牙口不好，每次做这道菜的时候，爷爷总会叮嘱奶奶，把面和软点儿，不然咬不动。每每此刻，奶奶就会露出一副有点嫌弃的表情，继续着手里的活儿。

今天，我特意把面和得特别软，软到擀成皮儿以后，它就黏到了案板上，不好拿起来。做的时候，我就在心里想，奶奶你知道吗，我在做我们最爱吃的"炖炖"，你会不会很有食欲呢？我的脑海里出现奶奶笑着的模样，仿佛她正看着我似的。

蒸出锅以后，由于面太软，看着卖相不是很好，但吃起来果然很软乎。这时候，我便想起爷爷吃饭的样子，想到他边吃边满意地说，嗯，这"炖炖"做得不错，软乎乎的……

时间飞逝，一转眼爷爷奶奶已经离去两三年了。在他们离去的日子里，我的内心深处，没有一天停止过想念。常常一个不经意的情景，就会勾起我对往昔的回忆。爷爷奶奶以往说过的话，越来越频繁地让我想起、念起。曾经，不懂老人言，而今懂了，却已不见老人颜。

没有人能够对至亲之人的离去风轻云淡的。无论年龄几何，在那一刻，都只是一个伤心无助的孩子。而我在爷爷奶奶面前，更能找到长不大的感觉。尽管，我也会给爷爷奶奶洗衣做饭，越来越多地惦念操心，但每当奶奶将比她高出一头的我拥入怀中的时候，我还是能够在那一瞬间找到自己是备受宠爱的孩子的感觉。

以前，我总是很回避看一些关于死亡及灵异的东西，因为我不能正确地接受和看待，只觉得那是很遥远很可怕的事情。可自从爷爷奶奶走后，我认真地阅读了《西藏生死书》，刻意地查阅了大量人死以后的说法与可能。无所谓每一种说法的科学依据或真实性，我只是想在心里有数，我最亲爱的爷爷奶奶，他们可能在哪里，可能是什么状态，可能做些什么？

哪怕是子虚乌有，我也愿意去想象、去假设，甚至，去相信。想念到极致，恨不能穿越阴阳，穿越一切阻碍。

经历了爷爷奶奶的离去之后，我便对人之死亡有了越来越多的了解和认识，我再也不会像曾经那般，提到生老病死的话题，就忙着避之不及，又恐惧又抗拒。

我所有的正视，都只为去拼凑爷爷奶奶的现在。哪怕永远不见，我也想知道他们究竟在哪里。

不要觉得我很痴傻，这世间唯有深爱与真爱，那是渗入血液的深刻。他们曾是我生命的全部希望，给了我活着的全部动力与勇气。在多少个无助敏感的岁月里，在那漆黑的深夜里，我都是抱着爷爷的胳膊，安然入梦的，更是奶奶的怀抱，让我觉得有了停靠。是他们的关怀与呵护，滋养了我曾经幼小的生命。这种感觉，是和父母一同长大的孩子所不能体会的。

而今，他们悄无声息地撤离了我的生活。尽管我已成年、独立，可内心依旧渴望并依赖着那份温暖，依旧无法扯断心中的那份眷念。

或许，离去的，只是看得见摸得着的肉体，而他们始终活在我的心中，三天两头便可梦中一见，随时随地在我脑海中涌现。我并不忌讳，因为我知道，那是我这一生放不下的情结。只是随着时间的推移，我已极少再与旁人谈论。有时候能够说出来，也是一种释然。可这种释然，只管一时，转身便依然。

秋天的怀念

忙碌的二胎生活，让我过得晕头转向，不知今夕何夕。只知道炎热的夏天已经过去，大汗淋漓的日子总算熬出了头。打开窗，一丝凉意扑面而来，感觉甚是清爽。不知不觉，秋已深。

我是格外喜欢秋天的，总觉得秋天比其他季节多了几分内涵，几分沉稳，几分诗情画意，几分意味深长。

秋天，是个怀旧的季节，也是一个充满怀想的季节。折一叶秋，于心头温养，过往诸多的人事，便是徜徉在心间的光影。不禁默叹，时间啊，终究还是飞逝的。

最近，午夜清寒，我又做梦了。我梦到奶奶回来了，那是一种强烈的失而复得的心情。梦中的我，好像知道奶奶还是会走掉一样，紧紧地扑进她的怀里，哭得既有委屈，又有不舍。

两年多了，我始终还是放不下。不论是奶奶，还是爷爷，他们的身影始终萦绕在我的梦中，挥之不去。曾经，隔三差五，我就会回一趟爷爷奶奶的家。每次回去，奶奶都特别的高兴，总是眼巴巴地盯着我看，我走哪儿她就跟到哪儿，喝水看我，吃饭看我，坐着看我，站着还看我。那眼神，充满了疼爱与渴望，渴望我能像儿时那样，一头扎进她的怀里，推都推不开，奶奶渴望我一如儿时那般依恋着她，能够陪她住上几个晚上。

那时候，我已经是一个孩子的母亲，长年在外，让我已经逐渐不适应农村的生活环境。我总是找借口当天就走了，不是不愿意多陪爷爷奶奶，而是觉得带个孩子，上厕所洗漱，都不是很方便。我宁可抽时间多回去一趟，也不愿意晚上住下。

每次要走的时候，奶奶就总是一脸的不舍，但她又不会强留我，所以就总是看着我说："有时间你再回来看看奶奶，奶奶闷的。路上千万慢着点儿开，到家了记得来个电话。"

然后边说着，边给我塞着一些东西，什么饼干啦，水果啦，都是我们回去买给她和爷爷吃的，奶奶却总是想要给我装，我就总是不要。推来推去的，直到我烦了，我就说："哎呀，麻不麻烦！给你们买回来你们留着吃就好了嘛，干吗非得给我带？我吃啥回去出门就买得到的，带来带去的是要干啥？"然后我便一把把奶奶给我装进去的东西揪出来，扔到一边。

每次这个态度刚刚一表现出来，我就后悔了。看着奶奶站在一边不知所措又假装没关系的样子，我心里很不是滋味儿，但如果不这样，奶奶就会把那些买给他们东西都给我带上，所以我也只能忍着了。

等到我上车要走的时候，奶奶便总是蹒跚着脚步，跟着爷爷要送我走出来。只见奶奶一手扶着窗台，一手扶在要迈下台阶的老寒腿上，忍着疼吃力又小心地走下来，然后拄着拐一点一点地倒腾着那双被裹变形了的脚，目光却一直落在我身上。每每这个时候，我都不忍与奶奶的目光相对。就是不看，我都能感受到奶奶不想我走又留不住我的复杂心情。不只是我，父亲和姑姑他们回去了，奶奶也是如此。一辈子辛劳，抚养我们长大，老了老了，就希望儿孙子女能多回去看看，奈何儿孙子女最缺的，好像偏偏就是时间。

临出大门前，我摇下车窗，跟爷爷奶奶挥挥手，对他们说："回去吧，别出来了，我车快，一下子就走了，你们跟不上的。好好注意身体，有事给我打电话。"

每次我都重复这样的话，可每次，爷爷奶奶总是要送到大门口，然后站在那里，一直看着我，看着我，直到我消失在巷口。

爷爷奶奶目送我的身影总让我心疼。午后的太阳，洒满金黄色的光，照在两个垂暮老人的身上，显得格外沧桑。

我以为，我可以一直就这样，在我想要回去的时候，就可以随时随地跑回去看看他们，陪他们吃一顿便饭，唠一唠家常。或者，给他们洗两件衣服，抱着爷爷或者奶奶，找一找没有长大的感觉，在他们绵软的脸颊，留下我依旧撒娇的吻痕。我以为，他们会一直都在那里等着我不忙的时候、有时间的时候、想起来的时候，回去看看他们。然而我错了，我忘记了岁月无情，时光流淌，带走的不仅仅是青春，还有生命。

直到爷爷奶奶相继离去，我才恍然大悟，那一刻，犹如山河崩裂、天地塌陷，我的整个心都空了。多少次，我走在曾经走过的那条熟悉的路上，想着家中的爷爷奶奶，笑着的模样，等着我的样子，我就泪如雨下。

没有了，再也不会有了。曾经充满温情的院子，如今早已空无一人。我遍寻每一处角落，却再也看不到爷爷奶奶那熟悉的身影。只有两张冰冷的黑白照，定格着爷爷奶奶慈祥的笑容，一如曾经，守着那个家，那处院落，还有那一寸旧时光。

转眼又一秋，一轮明月高悬，皎洁如银，冰凉胜雪。临窗而立，我望月寄情思，不知道在那个遥远的地方，是否也有四季更替，也有相聚别离？是否，也能感知冷暖，感知牵挂，感知我对你们的深深的想念……